光文社文庫

文庫書下ろし／長編時代小説

五戒の櫻
其角忠臣蔵異聞

小杉健治

光　文　社

この作品は光文社文庫のために書下ろされました。

目次

五戒の櫻　其角忠臣蔵異聞

第一章　身代わり

一

澄み切った空が、えんじ色に染まっている。暖かな夕陽を浴びて、日本堤《にほんづつみ》を一丁の駕籠《かご》が行く。芽吹き始めた見返り柳が晩春の風になびいていた。

駕籠が大門《おおもん》の前で停まった。

「先生、着きました」

駕籠かきが声をかける。

客の男は小さく伸びをしてから、駕籠を下りた。禿頭《はげあたま》で小肥《こぶと》りの体だ。四十一歳にしては肌艶《はだつや》がよく、唐桟《とうざん》の着物に、同じ唐桟の羽織《はおり》、新しい下駄を履いている。

俳人の宝井其角《たからいきかく》だ。師の松尾芭蕉《まつおばしょう》が死んで七年になる。芭蕉のいない時代では、其角が俳句界の中心人物である。

『闇の夜は吉原《よしわら》ばかり月夜かな』

吉原の華やかさを詠んだ句であるが、其角はこの地をこよなく好んでいる。吉原には十歳の頃より出入りして、若い頃には遊女と本気で惚《ほ》れ合ったりもした。

其角の才能は俳句だけに留まらず、儒学を服部寛斎《はっとりかんさい》、医学を草刈三越《くさかりさんえつ》、詩を大巓和尚《だいてんおしょう》、書を佐々木玄竜《ささきげんりゅう》、画を多賀朝湖《たがちょうこ》に学び、その多才さから方々で敬《うやま》われている。しかし、大酒呑みで、女好きだ。

朝からの酒で、頭がふらつく。廓《くるわ》を取り囲むように幅五間《けん》（約九メートル）のお歯黒《はぐろ》どぶと呼ばれる深い堀《ほり》と、高い塀が見える。その一角に大門が聳《そび》えていた。

駕籠かきに、「金は紀文《きぶん》から貰《もら》え」と其角は言って、大門をくぐった。

紀文とは、幕府御用達《ごようたし》の材木商の紀伊國屋文左衛門《きのくにやぶんざえもん》のことである。

文左衛門は其角の才に惚れこみ、全ての金銭を出してくれている。それもあって、いくらでも吉原で遊ぶことが出来る。幼い頃より、吉原に出入りしていることも相まって、其角以上にこの地のことを知る者は他にいない。

大門の先には、左手の面番所《めんばんしょ》には、顔馴染みの同心《どうしん》と岡《おか》っ引《ぴ》きが控えていて、右手の四郎兵衛会所《しろべえかいしょ》では、女郎の出入りを見張っている。

もののしいのはそこだけで、仲之町《なかのちょう》と呼ばれる大通りの真ん中に満開の桜の木がずらりと並んでいる。

花見の客もいて、大勢の賑わいであった。

桜の花は、見世《みせ》見世の明かりを受けて、艶《あで》やかに色づいている。

吉原で働く者で、誰一人として其角のことを知らない者はいない。行き交う者たちは、皆一度足を止めて、其角に挨拶《あいさつ》をしてから去っていく。それに対して、其角は無愛想に過ぎ去っていく。

其角は花を横目に仲之町を奥へ進んだ。

江戸町《えどちょう》二丁目を過ぎ、揚屋町《あげやまち》に差し掛かった時、目の前に六十過ぎで、華美な服装を粋に着こなしている武士の後ろ姿を見かけた。護衛の家来が三人付き添っている。

仙台《せんだい》藩三代目藩主だった伊達綱宗《だてつなむね》だ。遊び人として知られ、放蕩《ほうとう》の末に二十一歳で隠居させられている。それからは品川《しながわ》の大井《おおい》にある下屋敷で暮らし、芸や遊びに没頭している。『三浦屋《みうらや》』の高尾太夫《たかおだゆう》を身請けして、意に従わなかったために舟中で殺したという噂があるが、其角は当人からそれは後の作り話だと聞いていた。隠居のことを知っている者であれば、その話が作り事だというのを誰もがわかっている。

其角は隠居が四十代半ばの頃から知っているが、白髪が混じったくらいで、あとはそれほど変わらない。さすがに、歳を取っても背筋が伸びて、若い者には出せない色気を放っている。

物腰は柔らかく、相手がいくら身分の低い者であっても威張ることはない。

「ご隠居」

其角は声をかけた。

隠居は足を止め、顔を振り向かせる。家来たちも同じように振り向いた。

「其角先生」

隠居はにっこりと笑い、其角に向かってきた。家来たちは其角に頭を下げる。

「しばらくですな。最後に会ったのはいつだったか」

隠居が考えるように言った。

「年が明けてすぐにお会いしましたよ」

其角がすぐに答えた。

「そうだったか？」

「ちょうどこの辺りに獅子舞がいて、曲芸なんかやっている大道芸人たちも出ていまして」

「ああ、そうそう」

隠居が思い出したように、声がやや大きくなる。

「お体の具合が悪いと聞いていたのですが」

「喘息《ぜんそく》で、しばらく仙台の方で休養をしていた」

「大丈夫なんですか」

「この通り何ともない」

隠居が笑い飛ばすように言った。

「それなら安心しましたが」

其角は隠居の顔を覗《のぞ》き込むように見た。無理をしているようには思えないが、覇気はなくなっていた。

「それにしても、浅野《あさの》殿には……」

隠居は声を潜《ひそ》めて言った。

十日前、殿中松《でんちゆうまつ》の大廊下《おおろうか》で、赤穂《あこう》藩主浅野内匠頭長矩《たくみのかみながのり》が、高家筆頭《こうけひっとう》吉良《きら》上野介《こうずけのすけ》義央《よしひさ》に突然、斬りかかった。ふたりの間に遺恨があったのではないかと言われている。内匠頭は、取り調べ後に身柄を預けられていた芝愛宕下《しばあたごした》にある陸奥《むつ》一関《いちのせき》藩上屋敷で、その日のうちに切腹をした。赤穂藩は改易となった。

そのことが江戸中で噂になっている。

浅野の家臣で、大高源吾《おおたかげんご》や冨森助右衛門《とみのもりすけえもん》とは俳句を通じて関わりがあり、吉良の方にも知り合いはいるので、詳しいことを知りたかった。

「ご隠居は何かご存知で？」

其角も声を潜めた。

「それがさっぱりわからぬ。仙台藩の方でも色々あるので、似たようなことが起こらなければ良いがと肝を冷やしている」

綱宗が隠居に追いやられたあと、伊達騒動と呼ばれるお家騒動が起こり、さらに四年前には、一部の家来たちが綱宗の子息、綱村《つなむら》を藩主の座から下ろそうとした。

隠居は心配事があると過剰に思い詰めるところがあり、そのせいで体を崩したのではないかとも其角は思っている。

「ご隠居は、浅野さまや吉良さまとは親しかったのですか」

「吉良さまなら茶会によく呼ばれていた」

「そんな親しかったのですか」

「古い付き合いになる。元々は、山鹿素行《やまがそこう》先生を通じて仲良くなったのだと思う」

山鹿素行は高名な儒学者である。幕府が推進する朱子学を批判して、江戸払いに遭《あ》った後、赤穂藩が世話をした。赤穂の藩政にも影響を与えた者である。素行は十六年前の貞享《じようきよう》二年（一六八五）に六十四歳で他界している。

「素行先生と吉良さまは仲がよかったのですか」

「ああ、朝廷に対する考えが一致していたようで、かなり親しくしていたようだ」

「とすると、浅野さまと吉良さまには互いに素行先生という共通の人物がいたのですな」

其角は深く考えようとした。

浅野がどうして吉良に斬りかかったのか。そして、なぜ浅野だけに咎《とが》めがあったのか。いくら考えても、よくわからないことだらけである。

「吉良さまっていうのは、噂通りの方なんですか？」

其角はきいた。上野介は旗本でありながら、付け届けによって随分と豪勢な暮らしをしていると聞いていた。だから、吉良から茶会や句会に呼ばれても、一度も顔を出したことはなかった。

「なんだかんだ言われていますが、吉良殿は立派な方だと思います」

隠居が真面目《まじめ》な顔で答える。

「立派な方？」

其角は声をあげた。

「十数年も前のことだが、何かの用で、大井町の下屋敷にお越しになったことがある。せっかく足を運んでくれたのだからと、仙台の近くで獲れたハゼを使った料理を出したところ、美味しいと言って食べてくれた。しかし、後で聞いたところによると、吉良殿は骨のある魚が好きではないらしく、無理してハゼを食べてくれたのだと、申し訳ない気持ちになった」

隠居は思い出すように言ってから、

「それに、あの方は屋敷で働いている下々の者たちにもぞんざいな態度を取らずに、感謝の気持ちを一人ひとりに伝えていた」

と、付け加えた。

「そんな方でしたか」

其角にとって、意外な答えだった。吉良のことを好く言う者と、悪く言う者の差が激しい。

「まあ、この一件にはあまり関わらない方がいい。ただでさえ、伊達藩は昔から幕府に目をつけられている。わしはここで遊んでいるとしよう」

隠居は呑気《のんき》に言うが、目の奥にどこか警戒の色が滲《にじ》んでいた。松の廊下の件で、幕府が各大名への締め付けを強めるかもしれない。隠居は女に現《うつつ》を抜かしている振りをして、安心させているのかもしれない。見た目とは裏腹に、しっかりと先を見通す力のある男だ。

其角は隠居と別れて、足を進めた。各見世の前には『誰《た》そや行灯《あんどん》』が置かれていて、その灯が煌《きら》めいていた。

厳《いか》めしそうな流しの易者が辺りを見渡しながら、突然若い男に、「ちょっと、お前さん。悪い相が出ている。今日は大人しく帰った方がよい」と語りかける。

「何いってやがる。これから、遊びに行こうっていうのに、くだらねえこと言いやがって」

若い男は声をあげる。

其角はいつもの光景を横目に、先を急いだ。その後も、何人かに声をかけられて、ようやく揚屋町の端にある『蓮屋《はすや》』という揚屋《あげや》に辿《たど》り着いた。

土間に入ると、「先生、いらっしゃいまし」という二十半ばの若い衆の威勢の良い声が聞こえた。

「もうお揃いです」

若い衆が言う。

「そうか、待たせちまったな」

其角は履物を脱いで、見世に上がった。

「番頭は？」

其角はきいた。番頭は小兵《こひょう》の力士のような体だが、機敏に動いて、細やかな気遣いのできる男である。

「いま二階の座敷で……」

若い衆は苦い顔で答える。

「なにか厄介ごとか？」

「ええ、そんな感じです」

奥から若い女中がやってきて、「どうぞ、こちらへ」と先頭に立って、すぐ近くの階段を上った。其角はどこからか聞こえてくる怒るような声に顔を顰《しか》めた。

「すみません」

女中が振り向いて、軽く頭を下げる。

「一体、誰なんだ」

其角はきいた。

「石橋《いしばし》さまです」

二階に上がった女中が、其角が上りきるのを待って言った。

「御茶坊主《おちゃぼうず》の？」

其角はきき返し、廊下を進んだ。

「そうです。昼見世が終わって、ここで呑んでいるんです」

其角は宗心《そうしん》が滝川太夫《たきがわだゆう》と遊んでいるのだとすぐにわかって不愉快になった。

御茶坊主とは俗称で、実際の役職は表坊主《おもてぼうず》という。江戸城内で大名や諸役人の給仕をする役職だ。御目見《おめみえ》以下の御家人《ごけにん》で、本来なら将軍に会えない身分だが、職務上、将軍の側《そば》に仕える。それゆえに、表坊主からなにか噂が将軍や老中《ろうじゅう》たちの耳に入るのではないかと大名や旗本《はたもと》たちは懸念して自然と手厚く扱った。

そういうことから、付け届けを貰ったり、半ば脅しとるような悪い者も中にはいる。宗心はそんな悪い茶坊主のひとりだと其角は睨《にら》んでいる。

宗心が吉原で派手に遊ぶさまは有名で、吉原一の美女と言われている『鶴見屋《つるみや》』の滝川太夫に熱を上げている。滝川太夫は昼間は宗心、夜は其角の相手をすることがある。

「いまここで呑んでいるのか」

其角は騒がしい座敷に目を向けてきいた。

「はい」

女中が小さく頷《うなず》く。

それから廊下を何度か曲がりくねって、突き当たりにある部屋の前で止まる。

女中が襖《ふすま》の前で正座をして、

「失礼します」

と、座敷に声を投げかける。その間にも、宗心の怒った声が聞こえてきた。

其角は宗心のことが気になりつつも、笑顔で座敷に足を踏み入れた。行灯の明かりが鳳凰《ほうおう》を描いた金襖を照らし、座敷を煌めかせている。

「先生、お待ちしてました」

すでに酔いの回っている豪商紀伊國屋文左衛門が声をかけてきた。

優しそうな小さい目に、ふっくらとした丸い頬が人柄の良さを表わすが、ふとした時に見せる鋭い目つきが商売人の凄みを感じさせる。

文左衛門は明暦《めいれき》の大火の時に木曽《きそ》の材木を買い占めたり、暴風雨の中を紀州《きしゅう》から江戸へみかんを運び、巨万の富を得たとも言われているが、実際とは異なる。材木を買い占めたのは河村瑞賢《かわむらずいけん》だったし、みかん船の話は暴風雨の中で文左衛門が運んで来たのではなく、紀州で雇っている人足の労働条件を改善したことで安定してみかんを江戸に供給できただけである。しかし、文左衛門が父親から引き継いだ『紀伊國屋』をさらに大きくしたのは間違いない。

文左衛門の向かいに座る四十男は歌舞伎の看板役者の市川團十郎《いちかわだんじゅうろう》。ぎょろりとした男気にあふれる大きな目に、気の強そうな角ばった顎《あご》で、戦国武将のような力強さを感じさせる。歌舞伎と浄瑠璃を合わせ、荒事芸《あらごとげい》を確立し、絶大な人気を誇る。京《きょう》で舞台に出たこともあるが、江戸と違って評判はよくなかった。ただ、その時に知り合った俳人《はいじん》椎本才麿《しいのもとさいまろ》に入門して才牛《さいぎゅう》という俳名もある。團十郎は其角より一歳上だが、其角に対して「先生、先生」と喜んで従っている。

其角は上座に腰を下ろした。

二

座敷には三味線《しゃみせん》の音が響いていた。紀伊國屋文左衛門が得意の唄声を披露すると、芸者衆たちは褒《ほ》め称えるが、團十郎は小馬鹿にするように、「お前はまだまだだ」と鼻で笑った。其角は隣にいる年増芸者、歌丸《うたまる》と語らっていた。歌丸は其角とは二十年の付き合いで、吉原に来たら、必ず歌丸を座敷に呼んでいる。

「長年連れ添った女は離れるに離れられねえ」

其角は冗談めかして言い、

「先生は私の心を知らないんですから」

と、歌丸が拗《す》ねてみせる。

「若い女が不貞腐《ふてくさ》れるのと訳が違う」

其角はそう言って戯《たわむ》れるのが心地よかった。

「そういや、石橋があっちの座敷にいるそうだな」

其角は突然思い出したようにきいた。

「ええ、今日は宗心さまの歓心を買おうとして近寄ってきている人たちも一緒にいるんですよ」

「あいつらは宗心の金払いがいいからついてきているだけだ」

其角は鼻で笑う。

「でも、石橋さまは話が面白いから皆さんついてくるのではないですか。そこら辺は其角先生と一緒ですよ」

歌丸が何気なしに言った。

「なんだと？」

其角の目が尖《とが》る。

「博識ですし、城内で起こったことを面白おかしく語っています。まあ、嫌なひとには変わりありませんけど」

嫌な人と聞いて、其角はまた気持ちを持ち直した。自分が嫌っていることを知っているはずなのに、石橋を褒めるようであれば、怒りのあまりこの場を飛び出すかもしれなかった。その辺りのところは、歌丸は其角の顔色を見て、うまくあしらっている。さすがに、二十年も其角と接していると、いくら気難しいと言われていようが手に取るように其角の気持ちがわかるようだ。

「怒鳴り声がしていたが、取り巻き連中に怒っているのか」

其角がふと思いついたように言う。

「先生、何の話です？」

隣から文左衛門が声を掛けてきた。

「石橋宗心って、茶坊主のことだ」

其角は吐き捨てるように言った。

「石橋さまですか。随分と厄介な方みたいですな」

文左衛門が苦々しく笑う。

「厄介っていうと？」

其角が首を傾《かし》げる。

「あることないことを上に報告するとか、大名を脅しているそうで。迷惑しているっていう話もよく聞きます」

文左衛門は大名に金を貸しているから、そのような話が入って来るのだろう。

「宗心を貶《おとし》めることは出来ねえのか」

其角はきいた。

「石橋さまのやっていることを報告すればいいだけのことでしょうけど、皆さま方はそれぞれに弱みを握られているでしょうからね」

文左衛門が答えると、團十郎が話に入って来た。

「俺たちだったら、宗心に弱みなんかねえから、あいつのやっていることを盾に脅せばいいんじゃねえか」

「それも、そうだ」

其角はぐいと酒を呑んでから、膝を叩いた。

「でも、変に恨みを買ったら大変ですよ」

文左衛門は首を小さく横に振り、注意する。

「そんなことを恐れて、やってられるか」

團十郎は声を大きくした。

「なら早い方がいい。今から宗心のところへ乗り込もうじゃねえか」

其角は立ち上がった。團十郎も続く。

「まあまあ、せっかくの楽しい席を」

文左衛門がなだめに入る。

「そうですよ。気分を直しましょう」

歌丸は優しい声で言って、ちらっと太鼓持ちに目配せした。太鼓持ちは軽く頷き、

「では、あっしが踊らせて頂きます」と、立ち上がった。

「おう、しっかりやれ」

紀伊國屋文左衛門は赤い顔をして声を掛ける。

其角と團十郎は顔を見合わせた。

「さあ、先生お座りになって」

歌丸が其角を座らせる。

團十郎も同じように芸者に促されて、腰を下ろした。

太鼓持ちは其角の様子を窺《うかが》いながら、

「では、歌丸姐《ねえ》さん、三味線をお願いします」

と、頼んだ。

太鼓持ちは羽織を脱ぎ、手ぬぐいを取り出した。

歌丸が三味線を弾きながら、唄い出す。

太鼓持ちは手ぬぐいを首に掛けた。そして、曲に合わせて櫂《かい》を漕ぐ仕草をする。

曲が進み、首の手ぬぐいを今度は鉢巻きにして、尻端折《しりはしょ》りをする。肩に担ぐような仕草をして、「旦那、吉原までですね」と駕籠かきの真似をする。勢いよく走りだして、こける様子を表わした踊りをすると、文左衛門や團十郎は小さな笑い声を漏《も》らした。

其角は鼻で笑う。

駕籠かきが終わると、頭の上に手ぬぐいを置き、後ろ向きになる。「今度は花魁《おいらん》です」と太鼓持ちが言う。背中が妙に艶やかであった。其角は酒を呑む手を止め、見入ると、太鼓持ちがゆっくり振り返る。般若《はんにゃ》のような顔芸で場を盛り上げると、曲が終わった。

其角は前のめりになった体を呆れたようにもとに戻す。

歌丸が三味線の調子を取りながら、廊下の方に目を向けた。

襖が開き、

「滝川太夫がお見えになりました」

女将が告げた。


其角が案内されたのは二階にある次の間つきの広い部屋であった。二階には二部屋しかない。もう一部屋は市川團十郎が使っていて、紀伊國屋文左衛門はいつものように一階の一番大きな部屋を使っているのだろう。

薄暗い部屋に、赤い明かりが点《とも》る。赤い三つ布団《ぶとん》に、枕が二つ並んでいる。其角は滝川太夫に手を引かれて、布団に倒れ込む。

其角より頭ひとつ背が高く、雪のような白い肌に、細長い目と薄い唇が妙に色っぽかった。まだ十九歳でありながら、短歌、俳句、漢詩に造詣があり、三味線、太鼓、琴の腕前も第一級であった。其角はその美貌もさることながら、滝川太夫の造詣の深さが気に入っていた。

「久しぶりでうれしうござんす」

滝川太夫が其角に寄りかかる。

最後に来てから、まだ十日くらいしか経っていない。それなのに、滝川は久しぶりだという。

「俺が来なくても、宗心が昼間来ただろう」

其角は宗心のことを頭に浮かべながら嫌味っぽく言う。

「先生、野暮でありんすよ」

滝川はどこか虚《うつ》ろな目をしているように見えた。

「疲れているのか」

其角は訊《たず》ねた。

「いいえ」

「宗心と何かあったのか。そういえば、さっき宗心はイラついているようだった。もし宗心のことだったら、只《ただ》じゃ置かねえぞ」

「石橋さまは急に酔いがさめたように厳しい口調で言った。

其角は急に酔いがさめたように厳しい口調で言った。

「石橋さまは大名から付け届けがなかったことで怒っていたようでありんす」

「どこの大名だ」

「そこまでは……」

滝川太夫は首を横に振る。

「宗心のことではないなら他に何があるのだ？」

「何でも」

「そんなことあるめえ」

「心配し過ぎでありんす」

滝川は其角をなだめるように言う。

だが、いつもとは違う様子に、其角はさらに追及した。しばらくは何も言わなかったが、其角がしつこく迫ったところ、「妹分の桐里《きりさと》のことでありんす」と、口を開いた。

滝川より二つくらい若い『鶴見屋』の花魁だ。少し幼い顔をしているが、凜《りん》とした其角好みの容姿であった。滝川に次ぐ人気を誇り、『鶴見屋』では、滝川と桐里の二枚看板で切り盛りしていると言っても過言ではない。

「桐里がどうしたんだ？」

其角はきいた。

「よくわかりませんが、ここのところ元気がなく……」

「間夫《まぶ》と何かあったのか」

「いえ、桐里に限って、間夫なんて」

滝川は否定した。

「桐里が元気ないからって、お前まで落ち込むことねえだろう」

其角は言う。

花魁にしては親切すぎる程に、他人想いなところが其角の好きなところでもあった。其角は気分を変えるために、酒を頼むことにした。

滝川太夫は起き上がり、近くにあった鈴を振った。ちりんちりんと甲高い音が響く。

「へーい」

廊下で若い衆の低い声がする。

すぐに襖が開いた。

「お酒を」

滝川太夫は頼んだ。

若い衆は「すぐに持って参ります」と襖を静かに閉める。

其角は滝川の手を引っ張り、体を引き寄せた。しばらくして、廊下から足音が聞こえてきて、「お酒をお持ちしました」と声が聞こえた。

滝川太夫は立ち上がり、徳利《とっくり》と猪口《ちょこ》を持って来た。

互いに注いでから、酒を呑み出した。

三

次の日の朝、其角は大門を出ると、いつもの駕籠かきを見かけた。前を担ぐ先棒《さきぼう》と後ろの後棒《あとぼう》が同時に立ち上がり、其角に会釈する。

「またお前らか」

其角が声を掛けると、

「今日も先生のお帰りを待っていたんです」

先棒は抜け目なく言った。

「ちゃっかりしてやがる」

其角が言うと、ふたりとも人懐っこく笑った。

この男たちは他にも客はいるのだろうが、ほとんど其角のためだけに働いているように見える。其角もわざわざ、また頼むということもなく、其角のいる場所に自然とこの者たちが待機している。時には内弟子の二郎兵衛《じろべえ》に頼まれて、迎えに来ることもある。

「茅場町《かやばちょう》でよろしいですか」

先棒がきく。

「ああ」

其角は駕籠に乗った。まだ酒が残っていたが、春の風に当たり、心地よかった。

住まいは江戸座《えどざ》と呼ばれ、多くの文化人が集まった。江戸座は江戸橋向かいにある丹後田辺藩《たんごたなべはん》牧野因幡守《まきのいなばのかみ》の上屋敷の近くにある。

駕籠は衣紋《えもん》坂を上がって日本堤に出ると、すぐに左手に曲がり、さらに廓の角を入谷《いりや》の方に折れて進んだ。

ホトトギスが鳴き、穏やかな風が吹いている。見渡す限り田圃《たんぼ》である。其角は昨日の宗心のことはすっかり忘れて、穏やかな気持ちで駕籠に揺られていた。本来、其角はどんなに怒りがあっても、大酒を呑んで、一晩寝れば忘れる。怒りだけでなく、悲しみなども同じことだ。唯一、松尾芭蕉が死んだ時には、引きずった。それでも、三日と経たないうちに、芭蕉は好い時に人生を終えたと納得が出来た。

まだ蕾《つぼみ》の桜の木の傍を通った時、突然駕籠が停まった。

あまり広い道ではないので、正面から武士がやって来て、道を譲っているのかと思い、簾《すだれ》の間から外を覗いた。

小汚い格好をした百姓風の男ふたりが大八車《だいはちぐるま》を曳《ひ》いている。大八車には筵《むしろ》が被《かぶ》せられており、嫌な臭いが漂ってきた。大八車の後ろには、背が高く浅黒い肌で、眉毛が太く、白い着物に袴《はかま》を穿《は》いた浪人と、同じくらいの背丈でがっちりとした体つきの、細目で目付きが鋭く、顔に刀傷《かたなきず》がある無精髭を生やした三十半ばくらいの浪人が歩いている。紺色の無地の着物と袴姿だった。

簾越しに浪人と目が合った。

其角は逸《そ》らさずに、そのまま大八車を見続けた。

「急げ」

無精髭の浪人が、浅黒い浪人を急《せ》かす。

その時、「あっ」と後棒が声を出した。

「どうしたんだ」

先棒がきく。

「いえ、ちょっとあとで」

後棒が詰まったような声で言う。

浪人たちはそのまま去っていった。

駕籠は再び動き出した。

「で、何を驚いていたんだ」

其角は外に声を張り上げた。

「さっきの大八車の筵から手が見えたんです」

「手？」

「人の手です」

後棒が恐ろしそうに言う。たしかに、変な臭いがした。あれは死臭だったのか。

「でも、先生。こいつは早とちりすることがあるんで、気にしないでください」

先棒が言った。

「いや、だが変な臭いもしたような」

其角は思い出しながら呟《つぶや》き、

「おい、あの者たちを追いかけてくれ」

と、咄嗟《とっさ》に言葉が出た。

「先生、あまり関わらない方が」

先棒が心配する。

「いいから、行ってくれ」

其角は声を張り上げる。

「へい」

駕籠かきたちが渋々答える。駕籠は向きを変えて、来た道を急いで戻る。

其角は簾の間から顔を出し、

「待たれよ」

と、浪人たちに声をかけた。

無精髭の浪人が振り向き、

「なんだ」

と、立ち止まってきいた。

「放っておけ」

眉の太い浪人が構わず進もうとする。

「しかし、こいつらは死体を見た」

無精髭の浪人の目つきが急に鋭くなるや否や、突然刀を抜き、先棒に斬りつけた。

血が飛沫《しぶき》をあげる。

駕籠は地面に落ちる。天井と床が逆さまになった。何が起こったのか考えるよりも前に、其角は駕籠を抜け出した。と、同時に無精髭の浪人が駕籠に刀を突き刺した。

眉の濃い浪人は茫然《ぼうぜん》とその場を見ていたが、はっとしたように刀を抜いた。

其角は石を拾い上げながら、

「近くの自身番《じしんばん》に知らせてこい」

と、大きな声を出した。

「でも」

後棒は動こうとしない。

「早く！」

其角は振り向いて叫んだ。

顔を戻すと、無精髭の浪人が刀を振り上げて向かってきた。

「先生、危ない」

後棒が咄嗟に其角に覆い被さる。

次の瞬間、鈍いうめき声をあげて、後棒が倒れた。

無精髭の浪人は刀を脇で構えた。眉の濃い浪人が其角の後ろに回り、同じように構えている。

大八車を曳いていた男たちはおろおろしている。大八車に被せてある筵が少し滑り落ち、だらりとした男の腕が見えた。肌はやや黒ずんでいる。

「えいっ」

正面から無精髭の浪人が斬りかかってきた。

其角は素早い動きで相手の後ろ側に大きく回り込んだ。すかさず、相手の肩を持ち、自分の身体を回転させながら引っ張った。相手が体勢を崩した時、もう片方の手で相手の顎下に手を滑り込ませ、力強く後ろ側に押した。

無精髭の浪人はよろめいた。

まさか、其角が武術を身に付けているとは思っていなかったのだろう。完全に油断していたようだが、次からは容易《たやす》くいかなそうだ。

無精髭の目つきがさらにきつくなり、上段の構えで其角に剣先を向けてくる。

「やっ」

後ろから気配がして、其角はさっと避《よ》けた。

其角は持っていた石を投げつけた。眉の濃い浪人の顔に当たる。

安心する隙もなく、無精髭が斬りかかってきた。

其角は石を連続して投げた。

無精髭は腕で軽く弾く。だが、無精髭の息が上がって来た。

「おい、何やっている。こいつらを斬れ」

無精髭が声を荒らげる。

眉の濃い浪人が刀を抜き、瞬く間に其角に斬りかかった。其角は横っ跳びに避けたが、今までに見たことのない太刀捌《さば》きであった。

思ったよりも手強い。

(このまま続けば、やられてしまう)

其角は目だけを動かし、辺りを見渡した。

近くには誰もいない。田圃の先に小屋があるだけだ。

其角は田圃に逃げ込んだ。

泥濘《ぬかるみ》で足が思うように動かない。だが、それは浪人にとっても同じようで、追いかけて来る足もそこまで速くなかった。

其角は必死に走り、田圃を抜けた小屋に逃げ込んだ。

戸口を心張《しんば》り棒で固めた。

暗い小屋の中には、農具が置かれている。

大人の男がやっと入れるくらいの木の箱が積まれて置いてある。

その箱の蓋《ふた》を開けると、中には藁《わら》が敷き詰められていた。

戸口がガタガタと音を立てる。心張り棒も揺れを刻む。

「どこかに穴がないか探せ」

無精髭の声がする。

其角は箱をひとつずつ戸口に引っ付けるように置き、それぞれの箱の中に重しになりそうな農具を詰めた。

外では浪人たちが戸口を開けようと必死になっているようだが、箱の重しで開かない。

小屋に火でもつけられたら、このまま焼け死んでしまう。

其角は胸の鼓動がさらに激しくなった。

どうしようか考えていると、外で誰かが叫ぶような声がする。と同時に、刀を鞘《さや》に収めるような音がして、遠のく足音が聞こえた。

浪人は逃げたのか。

其角が穴から覗くと、遠ざかる浪人風の男の後ろ姿が見えた。駕籠が置き去りにされた方から見覚えのある姿が見える。

その浪人は小屋の方を気にしたが、斬り捨てられた駕籠かきに近寄って、口元に耳を当てている。ふたりの息を確かめてから、辺りを見渡す。

其角は急いで、箱をどかし、心張り棒を外して、小屋の外に出た。

男は手を額にかざすようにして、こっちを見て来る。

其角は急ぎ足で、田圃を駆け抜けて、男の方に近づいた。顔が見えるようになってから、

「先生！」

と、男が呼びかける。

「やはり、不破《ふわ》さまではありませんか」

其角も声を上げた。

不破数右衛門《かずえもん》という、元は赤穂藩で百石の馬廻役《うままわりやく》を務めていた者だ。不破は試し斬りをしていたのが見つかり、藩を抜けて江戸に住んでいた。俳句にも興味があり、其角とも交流があった。

「一体何が？」

不破は驚いてきいた。

「詳しい話は途中でします。町役人を呼びに行きましょう」

其角と不破は歩き出した。

あの浪人たちが何者なのかわからないが、罪なき駕籠かきの命を奪った浪人たちに対する怒りがみるみる胸のうちで燃え上がっていた。

「ついさっき、あの者と大八車を曳かせていた浅黒い肌の浪人がわしの乗っている

駕籠の横を通り過ぎました。大八車には筵が被せられていて、駕籠かきのひとりが言うには、死体があったとか」

「死体ですか……」

不破が険《けわ》しい顔で呟く。

「誰かを殺して、死体を運んでいたのかもしれません。それをわしに見られたから、追いかけてきて殺そうとしたのではないかと」

其角は伝え、

「それより、不破さまはどうして、ここに？」

「実は江戸を離れるので、茅場町のご自宅に挨拶に伺いました。そしたら、先生は吉原に来られているということで……」

不破は淡々と答えた。

それから、四半刻《しはんとき》（約三十分）ばかりして、其角と不破は町役人たちと三十くらいの岡っ引きの七太郎《しちたろう》を連れて、死体の場所まで戻った。その間に、他の町役人が同心を呼びに八丁堀《はっちょうぼり》まで走った。

七太郎と町役人は死体を眺め、手を合わせてから、二つの死体に筵をかけた。七太郎は小柄で、目が離れているが、笑うと愛嬌がある。同心が来るまでの間に、其角は七太郎に自身の身に降りかかったことを語った。

「額に刀傷がある大きな体の浪人ですと……」

七太郎は心当たりがあるような顔をする。

「誰なんだ」

其角は前のめりできいた。

「浅草新鳥越町一丁目《あさくさしんとりごえちょう》に住む荒川平八《あらかわへいはち》という浪人だと思います」

七太郎は相手が浪人にもかかわらず呼び捨てにした。

「もうひとりの腕の立つ浪人は？」

其角はさらにきく。

「同じ町内に住む南郷伴三郎《なんごうともざぶろう》かもしれません」

「ふたりとも悪い奴らなのか」

「いえ、問題は荒川です。荒川は腕が立って、喧嘩っ早く、小さないざこざが絶えません。以前、商家の旦那が何者かに襲われて金を奪われた件で荒川の名が上がりました。ただ、証《あかし》がなかったので、捕まえることはできませんでした。それから、目を付けているんですが、なかなか」

七太郎はどこか悔しそうに言う。

「南郷も同じようなことをしているのか」

「いえ、南郷にそのような噂は全く聞きません。そもそも、人付き合いもほとんどなく、刀剣の目利きなどの内職をしています。唯一の楽しみが、釣りという男です」

七太郎が答える。

「不破さま、荒川と南郷という浪人の名前を聞いたことがありますか」

其角は訊ねた。

「いや……」

不破はどことなく考えるような目つきになった。

「なにか？」

其角がきく。

「何でもございません」

不破は首を横に振る。

そんなことを話しているうちに、真っ青な顔をした二十歳そこそこの職人風の男が走ってやってきた。

男は息を切らしながら、

「あの……、あっしの兄貴が……」

と、七太郎に告げる。

七太郎は筵を捲《めく》り、死体を見せた。

前を担いでいた駕籠かきを見て、男は膝から崩れ落ちた。

「兄貴……」

男が声を震わせる。

しばらく死体を眺めてから、立ち上がった。

「親分、一体、何があったんですか」

男は泣き腫らした目で、七太郎にきく。

七太郎は其角が言ったことと同じことを男に語った。

弟は黙って聞いていて、七太郎の話が終わると、死体を改めてみて、嗚咽《おえつ》を漏らした。

「すまない。俺のせいだ」

其角は男に歩み出て、深く頭を下げる。

「いえ、先生のせいではありません」

男は首を横に振った。

「俺の代わりに死んじまったんだ。あそこで逃げていれば」

其角は遠い目をして言う。

「兄貴は逃げるくらいだったら、死ぬことを選ぶはずです。それに、先生の身代わりだったら、兄貴も本望でしょう」

「そんなはずねえ」

「いえ、そうに違いありません。兄貴はよく先生のことを話していたんです。先生ほど粋《いき》な方はいねえって」

弟は涙を袖で拭いながら、しんみりと言う。

其角は胸がはち切れんばかりに苦しくなった。

下手人《げしゅにん》の浪人に対して、同じ目に遭わせても足りないくらいの、言いようのない怒りを覚えた。

「早く荒川と南郷を捕まえに行こう」

「同心の旦那が来てからです」

其角が促した。

「遅いじゃねえか」

「旦那も色々と抱えていますから」

七太郎が取り繕《とつくろ》うように言った。

半刻（約一時間）くらいして、四十くらいの同心、巣鴨三十郎《すがもさんじゅうろう》がやって来た。

吊り上がった目に、眉間に皺を寄せて、いかにも切れ者のような同心であった。

「旦那、こっちです」

七太郎が死体の前まで案内して、巣鴨は死体を検《あらた》めた。

それから、其角の方にやって来て、話を聞いた。一連のあらましを話し、荒川平八と南郷伴三郎という浪人かもしれないと告げた。

「まだ調べぬうちから、下手人を決めつけるのはよくない。見込みで探索すると、実際は違っていても、それが下手人だと思い込んでしまうからな」

巣鴨は厳しい顔で答え、

「ともかく、駕籠かきを殺した下手人は拙者の手で捕まえて見せる」

と、誓った。

「あと、大八車に載せられていた死体についても調べてみないといけません」

七太郎が口を挟むと、巣鴨は改まった顔で其角を見る。

「大八車に死体が載せられていたというのは確かか」

巣鴨がきいた。

「筵から手が伸びていた」

「それは本当に人間の手だったのか」

「間違いねえ」

「それだけでは、死体だと言えぬだろう」

「しかし、浪人が死体を見られたと口にしたんだ。それで、襲ってきたんだ」

其角が答える。

「また何かあれば先生と不破殿にお話を伺うと思います」

巣鴨は告げた。横を見ると、不破が何か言いたそうだったが、結局は何も口にしなかった。おそらく、江戸を離れてしまうことを言おうとしていたのだろう。

「荒川と南郷を早く捕まえろ」

其角は念を押した。

「調べてからだ」

巣鴨が低い声で言う。

「なら、早く調べやがれ」

「この後、あいつらのところにきき込みに行く」

「俺もついていく」

「いや」

「俺が下手人を見ているんだから、その方が早い」

「こっちに任せておけ」

「いいや、俺が行く」

其角は巣鴨の反対を押し切った。

七太郎は巣鴨の耳元で、其角に聞こえないように色々と囁《ささや》く。巣鴨は其角を見ながら、「仕方ない。今回だけだぞ」と強く言った。

其角はその言い方も気に入らなかったが、軽く頷いた。

「では、こちらを少し片づけますから、少々お待ち頂けますか」

七太郎と巣鴨は町役人たちと話し込んだ。

ふと、見上げると西の空には重たい雲が広がっていた。

「先生、すみませんが、拙者はこの辺りで」

不破が言い出した。

「江戸を発《た》たれるという時に、わしのせいでこんなことに巻き込んでしまって……」

「いえ、先生のせいではありません。先生もとんだ災難で……」

不破が同情するように言った。

不破を改めて見ると、どこか遠いところを見つめているような目つきであった。何か深く思い詰めているようにも見える。

「赤穂に行くんですね？」

其角はきく。

「はい」

不破は短く答えた。

「何をするつもりですか」

「大石《おおいし》さまがどう動くか……」

「ですが、不破さまは御浪人の身分なので、何も出来ないのでは」

「藩を抜けた今でも、浅野家に対する御恩は忘れていません。何か赤穂のために出来ることがあれば、やるのみです」

不破は足早にその場を立ち去った。

ふと、これが今生《こんじょう》の別れになるのではないかという思いさえした。

其角は不破の背中が見えなくなるまで見送っていた。

それからしばらくして、七太郎と巣鴨が町役人たちと話し終わって戻って来た。

「先生、お待たせいたしました」

向かい風が強く吹き付ける中、七太郎を挟んで、三人が横並びに歩き出した。

新鳥越町まではそう遠くないが、無言で歩く道のりは長く感じた。

田圃道を抜けた先に、新鳥越町の町家が広がっている。

棒手振《ぼてふ》りなどが七太郎と巣鴨に頭を下げる。隣にいる其角を見て、この人は誰だろうという顔をする。日本橋《にほんばし》や神田《かんだ》あたりの棒手振りよりも、どことなく垢ぬけていない見た目の者が多かった。

「荒川さまの住まいはここを曲がったところです」

七太郎の案内で三人は長屋木戸《ながやきど》をくぐって、少し間口の広い新しそうな三軒長屋の前までやって来た。荒川は一番奥で、隣には商家の旦那の妾《めかけ》、その隣にはまた別の浪人が住んでいると教えられた。

奥の家まで行き、

「荒川さまはいらっしゃいますか」

と、七太郎が戸を叩いてから開けた。

「誰だ」

細目で目付きが鋭く、顔に刀傷がある三十半ばくらいの鶯《うぐいす》色の着物を着流している浪人が座っている。

巣鴨は土間に入って行った。其角も続いた。

駕籠かきに斬りつけた浪人と似ている。ただ、無精髭が綺麗に剃《そ》られていて、着ているものも変わっていたので印象が違うが、明らかにこいつが下手人だと思った。

「何の用だ？」

荒川が巣鴨にきいた。

「今朝、吉原の近くで殺しがあった」

巣鴨が切り出す。

「吉原の近くで？　拙者に何の関係があるんだ」

「ここにいる宝井其角という俳人がお前さんに似た浪人を見たと言っている」

巣鴨が淡々と言う。

「人違いだろう」

荒川は平然と答える。

「今朝は何をしていた？」

巣鴨がきいた。

「昨日の夜から、ついさっきまでずっと田原町《たわらまち》にいた」

「田原町で何をしておった」

「女のところに」

「女だと？」

其角が口を挟む。

荒川はじろりと其角を睨み、

「人違いされていい迷惑だ」

と、舌打ち交じりに言う。

「女というのは、お主が付き合っている女か」

巣鴨が改まった口調できいた。

「そうだ」

「何ていう女だ」

「阿国《おくに》という音曲の師匠だ」

「阿国の住まいは？」

「田原町三丁目の自身番の近くだ」

「いまも家にいるか」

巣鴨がきくと、荒川は頷いた。

それだけ聞いて、巣鴨はすぐに立ち去ろうとする。

「ちょっと待ってくれ」

其角は巣鴨を止めた。

「なんだ？」

巣鴨が眉を顰《ひそ》めた顔で其角を見る。

「俺からも聞きたいことがある」

其角が振り返って荒川に近づいた。

荒川は其角を冷たい目で見る。其角は荒川の顔をじっくりと見てから、「お前さん、ついさっきここに帰ってきたと言っていたな」と確かめる。

「ああ」

「それから着替えたか？」

其角が問いただす。

「口の利き方をわきまえろ。まだ下手人と決まったわけではない」

巣鴨が叱りつけるように口を挟む。

其角は無視して、

「どうなんだ」

と、再びきいた。

「泊まってきたから、着替えるのは当たり前だ」

荒川は眉根を寄せて答える。

「じゃあ、その着替える前は何を着ていたんだ」

「お前に何の関係がある」

「わしは確かにお前さんを見た。髭は剃ってあるが、間違いねえ」

其角は真っすぐな目で荒川を見て言った。

巣鴨は例のごとく文句をつけるが、荒川は顔の表情を全く変えずに其角を睨み返す。

「何を着ていたんだ？」

「同心の旦那に聞かれるならまだしも、お前に答える必要はない。早く出て行け」

荒川は追い出すように言った。

「引き上げるぞ」

巣鴨が踵《きびす》を返す。

其角も仕方なく、家を出た。

「探索は我々の仕事だ。次に行くぞ」

巣鴨は長屋を離れた。

「先生、あっしも納得できないところがありますが、相手は侍ですので」

七太郎は申し訳なさそうに言う。

「とりあえず、近所の者たちに荒川のことを確かめたほうがいいんじゃねえか」

其角は声を潜めてきいた。

「まず阿国に確かめた方が。もし、阿国が違うと言った時には、この辺りの者たちにきき込みましょう。その前に南郷さまのところへ」

七太郎が真剣な目で答える。

其角は巣鴨の後をついて行った。裏長屋の路地を出ると、七太郎が右手を指して、

「二つ目の路地を入ったところに、南郷さまのお住まいが」と教えてくれた。

三人は南郷の住む裏長屋へと向かった。

しかし、南郷は家にはいなかった。近所の者たちの話では、ここ二日ほど帰ってきていないと大家が教えてくれた。

「南郷はよく家を留守にすることがあるのか」

巣鴨がきいた。

「ええ、何でも昔仕えていたところのご息女に会いに出かけるとか」

「南郷はそのご息女とやらと出来ているのか」

其角が口を挟む。

「わかりませんが、恐らくそういうことだと思います」

大家は少し自信なさそうに答えた。

「また女か」

其角は苦笑いする。

巣鴨は大家から詳しい事情をきくことなく、さっさと長屋を出て行った。七太郎はどこか調子の狂った顔をしながらも、巣鴨について行った。

「南郷はどこに仕えていたんだ」

其角は早々と立ち去った二人をよそに、大家に訊ねた。

「さあ、そこまでは……」

大家は首を傾げる。

其角はそれだけ聞くと、長屋路地を出て、少し先を歩く二人に追いつくように小走りになった。

大川の向こうには重たい雲が広がっている。日本橋の方はまだ晴れているが、田原町は雲間から陽の光が差し込む程度であった。

其角、巣鴨、七太郎は伝法院《でんぽういん》の裏手にある阿国の二階屋に着いた。一階の奥の方から、三味線の音がふたつ流れて来る。ひとつは唸《うな》るほど綺麗な音色であったが、もうひとつは素人といった感じだ。ちょうど、時の鐘が響き、三味線と重なり合う。

家の前で七太郎が声をかけるが、阿国は出てこない。

「すみません、阿国さん」

七太郎は声を張り上げた。

「……」

しかし、三味線を止める気配がない。

「聞こえないようですね。ちょっと、勝手口に回ってみますか」

七太郎が言ったが、其角は履物を脱いで勝手にあがり、廊下を奥に進んだ。

「おい、待て」

巣鴨が慌てたように言って、追いかけてきた。

其角は廊下の突き当たりの部屋の襖を開けた。

「きゃっ」

娘の甲高い悲鳴がした。

三十半ばくらいの鼻筋の通った女が、十五、六くらいの娘に稽古《けいこ》を付けていた。声をあげたのは娘の方で、三十半ばの女は背筋をぴんと伸ばし、

「どなたです、勝手に入ってきて」

と、怒ったように言う。

「宝井其角って者だ」

「俳人の？」

女は驚いたようにきき返す。

其角は当たり前だと言わんばかりに勢いよく頷き、

「お前さんが阿国だな？」

と、確かめた。

「ええ」

阿国は認める。すぐに追いかけてきた巣鴨が「いくら何でも乱暴すぎるぞ」と怒ったように顔を赤くした。

「こいつが無視するのがいけねえ」

其角は言い張る。

「すまない。荒川平八という浪人についてだ。昨日の夜からここにいたというが本

当か」

巣鴨は女に軽く頭を下げてからきいた。

「……、ええ」

阿国は少し戸惑ってから答えた。

「おい、下手に荒川を庇《かば》うんじゃねえぞ」

其角は巣鴨を押しやるようにきく。

「いえ、荒川さまは確かにここにいました」

阿国は、はっきりと言ったが、目を微《かす》かに逸らした。

「嘘はつくんじゃねえぞ」

其角は問い詰めた。

「嘘ではございません」

阿国は其角を真っすぐに見る。

「あいつはお前の男だろう」

「そうですが」

その言葉には、戸惑いはなかった。

「好きな男を庇う気持ちはわからなくはねえが、あいつは俺を襲った上に、駕籠かきをふたり殺した」

其角の声が大きくなる。

「あの人はやっていません」

阿国は言い切った。

「ふたりも殺しているんだ。いや、もっと殺しているかもしれねえ」

其角の脳裏に大八車に載せられた死体が過《よぎ》る。

阿国は一瞬言葉に詰まったが、

「変な言いがかりは止《よ》してください」

と、再び強い口調で言った。

其角は大きく舌打ちをする。

「下手人は荒川に違いない。ちゃんとこの目で見たんだ」

其角は目を大きく見開いて、ぐっと阿国を見つめた。

「だから、どうしてそう決めつけられるのですか」

阿国は言い返す。荒川のことを無実だと思っているのか。それとも、ふたりを殺したとわかっていながら庇っているのか。

「なあ」

其角は肩透かしするように柔らかい声を出した。

「はい？」

女の声も小さくなる。

「何の罪もねえ男がふたり死んでいるんだ。お前はそれを何とも思わねえのか？」

其角は情に訴えるように、真っすぐな目を向けた。

阿国は口ごもりながらも、

「その方々が殺されたことに関しては可哀想《かわいそう》なことだとは思います。だからといって、荒川さまは何の関係もありません。私と一緒にいました」

と、顔を背けた。

「お前のような美人で気も強い好い女だったら、わざわざ荒川なんかに惚れることもねえだろう。他にいくらでも男はいる」

其角は語り掛けた。

「何が言いたいんです？」

阿国は不機嫌そうにきく。

「荒川を庇ったら、お前さんも同罪だ」

「……」

「荒川と一緒に奈落に落ちることもねえだろう?」

其角は阿国の顔を覗き込んだ。

「奈落に落ちるのは先生の方ですよ」

阿国が睨みつける。

「勝手に言ってろ」

其角は立ち上がった。

部屋を出る前に、振り返って阿国を見る。腹を括ったように、強く唇を結んでいた。

「そんなに惚れてやがるのか」

其角はあまりにも頑固な女に腹を立てながらも、ろくでもない男に惚れて哀れな奴だと、可哀想な気持ちになった。

阿国の家を出て、巣鴨たちと別れて少しすると、雨が降りだした。

其角は茅場町の自宅に足を急がせた。

四

江戸座は階下二間に二階一間で、玄関と台所が並んでおり、入り口には半坪ほどの植え込みがあった。

江戸座の横に大きな梅の老樹が生えている。この老樹が江戸座へ手を伸ばすようにしているところを江戸市井《しせい》の人々は其角の考え出したことと見ているが、梅が先にあって、そこに江戸座が建ったのである。

しかし、別名好文木《こうぶんぼく》と呼ばれる梅は、晋《しん》の武帝《ぶてい》が学問に親しむと花が開き、怠ると開かなかったということから、江戸座を飾るのにふさわしいと其角は思っている。

今にも崩れ落ちそうで、忽《たちま》ち散ってしまいそうな、真っ盛りの桜の木よりも、むしろ華やかさに目がくらむ春なのに、長い世代を超えて生き抜いている老樹に重みを感じる。

今年は花が咲いていた。

土間から上がると、背の高い二十半ばで、優しそうな面立ちだが、眼光が鋭い男が出迎えた。

内弟子の二郎兵衛であった。

「先生、随分遅かったですね」

二郎兵衛が心配そうに言う。

「ああ……」

其角は短く返して、一階の奥にある裏庭に面した八畳の書斎に入った。書斎までの間、二郎兵衛がこの間の句会にいた面々から挨拶程度の文が来ていたので、代わりに返事を出しておいたと報《しら》せた。

裏庭に向いて置いてある文机《ふづくえ》の前に座り、墨を磨《す》る。裏庭にまで伸びた梅の枝が目に入った。頭の中では、色々と句が浮かぶ。

しばらくして、二郎兵衛が茶を運んで来た。湯呑みからは熱そうな湯気が立っている。

「近松《ちかまつ》さまから浅野さまの事件で色々わかったことがあったら知らせてくれと文が来ました」

上方《かみがた》に住む浄瑠璃や歌舞伎の作者、近松門左衛門《もんざえもん》のことである。其角が上方へ行った際に何度か会ったことがあり、それからの付き合いだ。

「どうせ、芝居にするんだろう」

其角は茶を啜《すす》りながら呟き、それから襲われた一連の出来事のあらましを語った。

二郎兵衛はじっくりと黙って聞いていた。

ひと通り聞き終わってから、

「荒川っていう浪人は、また先生のことを襲ってくるかもしれませんよ」

二郎兵衛は厳しい顔で言った。

「襲ってきたら、かえって自分が下手人だというようなものだ。それに、荒川の腕だったら俺ひとりで大丈夫だ。ただ、南郷という浪人にはてこずるが……」

初めは刀を抜く様子もなかったが、荒川に言われて加勢した南郷の素早い太刀捌きを思い出した。相当の剣の達人かもしれない。其角の目にも、刀の動きが見えなかった。あの時は其角のことを見くびっていたのか、もっと本気でかかってきたら、ひとたまりもなかっただろう。

「お前は南郷伴三郎という名前に覚えはねえか」

其角はきいた。

「どこかで聞いたような名前ですが」

二郎兵衛は首を傾げた。どこで身に付けたのか、幅広い人脈を持っている。其角の知らない者でも、二郎兵衛に頼めば繋《つな》がることができる。

「道場にいた者ではねえのか」

二郎兵衛の通っている剣術道場は江戸でも一、二を争うほど有名なところである。

そこで二郎兵衛は師範から一目置かれている。

「道場にいたら覚えています。多分、違うところで聞いた名前ですが」

「そうか」

二郎兵衛は思い出せずにいたが、

「用心して、私がずっとついて回りますから」

と、付け加えた。

「ひとりで大丈夫だ」

「いえ、何かあってからでは遅うございます」

二郎兵衛が厳しい表情で言う。

「お前はいちいち心配し過ぎだ」

「いえ、そんなことありません」

二郎兵衛は引き下がらない。

「襲われても、大丈夫だ」

「大丈夫じゃありませんよ。今回は不破さまがいたから良かったものの、これからは私がついていなければいけません」

「そんなみっともないことはよしてくれ」

二郎兵衛は強く言う。

いつものように意見が食い違って、言い合いになる。二郎兵衛はどんな時でも其角のことを思っているが、内心鬱陶《うっとう》しくもあった。

「それより、何か変わりはあったか」

其角は話を変えた。

「おりくが来たくらいです」

二郎兵衛はさっきのことでまだ何か言いたげであったが、声の調子をいつものように戻して答えた。おりくとは、其角の女房のお染《そめ》が住んでいる業平《なりひら》にある寮で仕えている女中である。

其角とお染は別居して十五年以上になる。時たま、おりくがお染の様子を伝えにくる。

「おりくはどうせ、お前目当てだろう」

其角はわかりきったように言う。

若い男と女だ。どちらも器量よしである。好意を寄せるのは、当たり前のことだ。二郎兵衛はおりくの気持ちがわかっていないのか、それとも相手の気持ちを無視しているのか、はたまた裏で出来ているのか。

二郎兵衛のことだから、おりくに気があっても、抑え込もうとするだろう。そこが其角と合わないところでもありながら、そういう生真面目《きまじめ》さがかえって頼りにもなった。

「そうじゃありません。ここのところ、おかみさんの調子が悪いようで、大伝馬《おおでんま》町《ちょう》のお医者さまにお薬をもらいに来たそうです。その帰り道に寄ったとか」

「大伝馬町まで？　近くにだって医者がいるだろう」

「ずっと診《み》てもらっていたお医者さまが引っ越したそうで」

「それで、ここまで来たのか」

「ええ」

二郎兵衛が頷く。

「お染の具合は？」

「薬を飲めば、数日で治まるそうです」

「そんなのばかり頼って」

其角は苦笑いする。

「ここ一年くらいはおかみさんのところへ行っていませんし、そろそろ行かれては？」

二郎兵衛が勧める。

「あんな辺鄙《へんぴ》なところに？」

「吉原の方が辺鄙ではありませんか」

「馬鹿言え、吉原の一画は開けていらあ」

其角は鼻を鳴らした。

「業平に身を隠していた方がよろしいのではありませんか？」

二郎兵衛が勧める。

「いや、あそこは退屈でどうしようもねえ」

五年ほど前に、咳《せき》が止まらなかった時に、業平の寮でゆっくり休んでいたことがあった。その時に、退屈な気分を嫌という程味わった。

ともかく、あのような片田舎で過ごすというのは辛《つら》いものだ。

それに、女房のお染もいる。

お染のことは嫌いではないが、今さら一緒にいても話すこともない。だからといって、いればそれなりに気を遣う。吉原にでも遊びに行こうものなら、止められはしないものの、嫌味を長々言われる。しかも、お染の言葉はやけに耳に残り、その日は楽しく遊べない。

「先生の命は先生だけのものではありません。先生を慕う周りの人たちのことも考えてください」

「わしが死んでも、沾徳《せんとく》がいる」

俳人水間《みずま》沾徳の名を挙げた。芭蕉が死んだあと、其角と並び、江戸俳壇の中心を担っている人物である。其角のような奇抜な比喩《ひゆ》を用いて、洒落《しゃれ》風の作品を多く創っている。

外からは鶯のさえずりが聞こえていた。これから、駕籠かきの長屋に焼香に行かなければならない。

仙台堀《せんだいぼり》に架かる海辺橋《うみべばし》を渡ると、左手に広大な土地を擁した紀伊國屋文左衛門の屋敷が見える。近くにある仙台藩の下屋敷の何倍もの広さである。

『紀伊國屋』は八丁堀にあるが、文左衛門は深川《ふかがわ》をより気に入っているらしく、店に出ている時以外は深川で過ごす。

其角がその屋敷の正面の門に差し掛かると、門番が背筋を伸ばした。門番は仙台藩の足軽である。文左衛門が大金を貸していることもあって、仙台藩自ら門番を寄越してきた。ここまで大名から厚遇される商人は天下広しといえども、紀伊國屋文左衛門の他にいない。

軽く頭を下げて、門をくぐった。

緑豊かな庭園が広がっている。庭の中央には渓谷《けいこく》があり、池があり、荒磯、沖の小島など自然のさまざまな景色を見られる。

広い庭を抜けると、庭と比べるとそこまで大きくはない平屋が見えた。

平屋に入ると、女中が丁寧《ていねい》なお辞儀で出迎える。

廊下を進み、庭が一番よく見えると文左衛門が自慢する八畳間に通された。番頭が部屋を出て、しばらくすると、文左衛門がやって来た。

「先生、大丈夫ですか？　襲われたとか」

文左衛門が其角の正面に腰を下ろしながらきいた。

「俺はこの通り無事だ」

其角は腕を大きく広げた。

「あの日の朝、一緒に帰ることができたらよかったんですけど」

「ちょっと用があってな」

其角は答えてから、

「駕籠かきが殺されちまったんだ」

と、切ない声で言った。

「先生が吉原に行くときによく乗せていた？」

「ああ」

其角が答えると、文左衛門の眉間に皺が寄り、「あの二人が……」としんみりとした口調で呟いた。

いつも代金は文左衛門から貰うように言っていたから、文左衛門も駕籠かきと面識くらいはあるのだろう。

「それで、これから通夜があるんだ。いくらか包んでやりてえ」

其角が言うと、文左衛門は察して、大きな手文庫を手繰《たぐ》り寄せた。そこから、十両の束をふたつ取り出した。手文庫の中に入っていた懐紙で、それぞれを包む。

「まだ下手人はわからないのですか」

文左衛門が差し出しながらきく。

其角は金を膝の横に置き、

「荒川平八と、南郷伴三郎っていう浪人だ。だが、まだ捕まえられねえらしい」

と、不満そうに言う。

「下手人がわかっているのに、どういうわけで？」

「荒川は殺しがあった時分には、田原町の女のところにいたと言うんだ」

「南郷は？」

「二日間家に帰ってきてないからわからねえ」

「そうですか。南郷伴三郎……」

文左衛門はその名前を繰り返した。

「知っているのか」

其角がきく。

「いえ、どこかで聞いたような名前だなと」

「本当か？」

「確かではありませんが……」

「眉の濃い大きな体の男だ」

其角は伝えた。

文左衛門は腕を組み、考え込む。

「……」

其角は黙って文左衛門を見つめた。

文左衛門はしばらく考え続けていたが、諦《あきら》めたように顔をしかめながら、「すみません。ちょっと思い出せません」と言った。

其角は金を懐に仕舞って、屋敷を出た。

駕籠かきの長屋へ近づくにつれ、心が重たくなっていった。

すっかり陽が暮れていた。晩春の生ぬるい風が其角を撫《な》でつける。過ごしやすい時季であるのに、なぜか今日ははっきりとしない中途半端な嫌な季節にしか感じられなかった。

今戸《いまど》の自身番の前を通り過ぎると、少し先の路地から念仏が聞こえてきた。

路地を入ると、長屋木戸の向こう側に十人程が溜まっていた。五軒長屋の真ん中の家の戸が開けっ放しになっており、其角が土間に足を踏み入れると、ちょうど坊主が念仏を唱え終え、一礼をしてから家を出ていった。

四畳半の部屋にいた若い女が三味線を持ち出し、若い男たちが待っていたとばかりにざわつく。部屋の隅には殺しの現場に駆け付けた先棒の弟がしんみりとした顔で胡坐《あぐら》をかき、膝の上に四歳くらいの子どもを乗せている。

弟は其角に気が付き、子どもを除《の》けて立ち上がった。

「先生、まさか来ていただけるとは」

弟が驚いたように声をあげて土間の方に近づいて来た。部屋にいた他の連中も其角に気が付き、ざわついている。

「あいつはわしのせいで死んじまったんだから」

其角は当然のように答える。

「いえ、先生のせいではございません」

弟が首を横に振る。

その時、子どもがやって来て、

「おじさん、だあれ？」

と、小首を傾げた。

「偉い先生だ。おじさんなんて言い方するんじゃねえ」

弟が注意する。

「叱るんじゃねえ」

其角が諌《いさ》める。

「すみません。兄貴の倅《せがれ》で」

「あいつにこんな子どもがいたとはな。で、かみさんは？」

「いないんです。去年、病《やまい》で亡くなっちまって」

「ひとりで育てていたのか……」

其角は改めて子どもの顔を見た。丸い目で其角を見て、愛嬌のある笑顔を向けている。まだ父親の死を知らないのだろうかと気になり、口にはしないものの、弟を見た。

弟は軽く頷きながら、

「お父《とっ》つぁんが帰って来るまでいい子にしてられるな」

と、顔を覗きこんだ。

「うん、平気だよ。お父つぁんが久しぶりにおっ母《か》さんに会えるっていうから、少し寂しいけど、ちゃんと待っているんだ」

子どもは気丈に答える。

「そうか、いい子だ」

其角は子どもの頭をぽんと叩いた。

「もうお父つぁんとおっ母さんは会ったのかい？」

子どもは弟にきく。

「ああ、きっと積もる話をしていると思う」

「積もる話って？」

「お前のこととかだ。いい子に育ったたって」

弟はそう言いながら声を微かに震わせて、

「すみません、ちょっと厠《かわや》へ」

と、外に出て行った。

其角が子どもを眺めていると、

「ねえ、おじさん」

子どもが呼びかけた。

「なんだ？」

其角は屈《かが》み、子どもと目線を合わせて返事をした。

「お父つぁんがどこに行ったのか知ってる？」

子どもがきく。

「ああ……」

其角は口ごもった。

「どこへ行ったの？」

子どもは澄んだ目で其角を見つめる。

「おっ母さんのところだろう」

「そうだけど、おっ母さんはどこに住んでいるの？」

「なんだ、知らされていねえのか」

「うん、皆教えてくれないんだ」

心なしか、子どもが寂しそうに言う。

「知ったところでどうするんだ。遠いから会いになんかいけねえぞ」

「文を書けば届くでしょう？」

「文？　字が書けるのか」

「いま習っているんだ。漢字も少しなら書けるよ」

「偉えな」

「だから、教えておくれよ」

子どもは其角の袖を引っ張り、縋《すが》るように言った。

「おい、あまり先生に迷惑かけるんじゃねえ」

弟が戻って来た。子どもは手を離す。

「どうしても、文が書きたいのか」

「うん」

「返事がなくてもか」

「皆、お父つぁんもおっ母さんも忙しいから返事を書けないって言うんだ。でも、それでもいいから書きたいんだ」

子どもは力強く言う。

其角は少し悩んでから、

「わかった。それなら、ここに文を出すといい。この人のところに身を寄せているから。口で言うから、覚えろよ」

其角が言うと、

「うん」

子どもが目を輝かせて頷く。

其角は近松門左衛門の住まいを教えた。

「ありがとう」

子どもは忘れないように、何度も住まいを繰り返し呟いていた。

其角は弟に紀文が包んでくれた二十両のうち、先棒の分の十両を渡す。

弟は胸の前で両手を振り、

「こんな受け取れません」

と、断った。

「ほんの気持ちだ」

「いえ、こんな大金見たこともありませんから」

「取ってくれねえと俺が困るんだ」

「でも……」

「お願いだ」

其角は半ば無理やりに弟に金を握らせた。

それから、素早く土間を去って行った。

「先生」

後ろから弟が追いかけて来る。

其角は手をかざしてそのまま歩き続けたが、長屋木戸を出ようとしたところで、
弟が其角の前に回り込んだ。

「なんだ」

其角がきく。

「本当にお気持ちだけで」

弟がさっきの十両の包みを返そうとする。

「おい、返されても困る」

其角が苦い顔をして言う。

「でも、あっしだって」

弟が言い返そうとするが、

「あの坊やが欲しいものとか買ってやりな。母親と父親が相次いで死んじまっては可哀想だ」

其角は包みを押し返した。

弟はその場で固まった。何か言おうと口を微かに動かしているのはわかる。

「坊やには正直なことを話せねえのか」

其角はきいた。

「ええ、あっしには出来ません」

弟が首を横に振る。

「でも、いずれ両親が死んだことに気が付くだろう」

「そうですが……」

「言えない訳でもあるのか」

「ただあっしが心配しているだけかもしれませんが、あの野郎は気丈に振る舞っているようで実は気が弱いんです。元々、母親べったりな子で、母親が病にかかったっていうだけで寝込んじまったほどです」

「そんなにか」

「ええ。だから、死んだってわかれば、なおさらのこと……」

「それで、遠くに行ったことにしているのか」

「はい」

弟が静かに頷いた。

其角は少し考えてから、

「もしかしたら、あの子は母親も父親も死んだことに気づいているかもしれねえぞ」

と、告げた。

「えっ？」

弟がきき返す。

「そんな感じがした。あまり子どもを見くびっちゃいけねえよ」

其角はそう言い、弟の肩を軽く叩いてから長屋木戸を出て行った。
其角は重い足取りのなか、後棒の通夜に向かって歩き出した。
生ぬるい春風が砂ぼこりを立てる。
其角はやるせない気持ちでいっぱいだった。

第二章　茶坊主と遊女

一

駕籠かきの通夜から数日後、其角は大井町にある仙台藩下屋敷の句会に招かれていた。其角を筆頭に杉山杉風《すぎやまさんぷう》、服部嵐雪《はっとりらんせつ》、向井去来《むかいきょらい》らの蕉門十哲《しょうもんじってつ》が揃い、加賀《かが》藩主前田綱紀《まえだつなのり》、佐賀《さが》藩主鍋島綱茂《なべしまつなしげ》などの風流を好む大名、天野長重《あまのながしげ》や梶川与惣兵衛《かじかわよそべえ》などの旗本、京上方から竹本義太夫《たけもとぎだゆう》、都一中《みやこいっちゅう》などの文化人も集まっていた。

句会が終わると、伊達の隠居は客たちに酒をふるまった。

その席での話題の中心は、三月十四日の松の大廊下のことであった。それというのも、この場に梶川与惣兵衛がいるからだ。梶川与惣兵衛は浅野が吉良に襲いかかったときに、浅野を取り押さえた。その功で武蔵国足立郡《むさしのくにあだちぐん》の五百石を加増された。

元から所有していた葛飾郡《かつしかぐん》の七百石と合わせて、千二百石となった。

伊達の隠居をはじめ、皆が梶川に刃傷について聞いた。

梶川は大奥《おおおく》の警護および事務を扱う御台所《みだいどころ》付き留守居番《るすいばん》であり、三月十四日、御台所からの土産品《みやげ》を勅使に渡す役目であったと前置きをしてから、

「勅使の登城が早くなったことを吉良上野介殿と話し合おうとして、茶坊主に吉良殿を探しに行かせました。そうしたら、吉良殿は老中に呼ばれているとのことで、今度は茶坊主に浅野内匠頭殿を呼びに行かせました。それから浅野殿がやって来て、挨拶をした後、吉良殿が白書院《しろしょいん》の方に見えました。もう一度、茶坊主に吉良殿に勅使のことで話したい旨を伝えさせたら、了解したとばかりに白書院から吉良殿がこちらに向かって来ました。一言二言話した途端、吉良殿の後ろから誰かわからないが『この間の遺恨、覚えたるか』と声をかけながら斬りつけました。驚いてみると浅野内匠頭殿が脇差を持っていました」

と、淡々と語るのを一同は真剣な顔をして、梶川の話に聞き入る。

「遺恨とはなんだろう」

其角は呟いた。

「多門《おかど》殿の取り調べでも遺恨の内容までは言っていなかったようです」

梶川が答える。多門伝八郎《でんぱちろう》は刃傷のあと、浅野と吉良を取り調べた目付《めつけ》である。

「だが、いくらなんでも、朝廷勅使を迎える大事な日に刃傷なぞ……」

伊達の隠居は首を傾げる。

「浅野殿の付け届けが少なかったということで、吉良殿から嫌がらせを受けていたとも聞いたが」

鍋島が口にする。

「だが、刃傷となれば赤穂藩がどうなるかくらいわかっていたはずではないか」

伊達の隠居は言い返し、

「梶川殿はどう考える？　浅野殿と挨拶を交わした時には、何か異変を感じたか」

「いえ、特にそのような」

「ということは、急に怒りが湧《わ》いたのか」

「拙者はよくわかりませぬ」

梶川は言いにくそうに答えた。

「傍にいた茶坊主は何か言っていたか」

伊達の隠居がきく。

「いえ、何も」

「その時の茶坊主は誰なんだ」

「その時は……」

梶川が口ごもった。

「あの生意気な奴だそうだ。名をなんと言ったか……」

鍋島が話に入る。

「もしや、石橋宗心ですか」

其角がふと思いついた。

「そうじゃ、宗心だ」

鍋島が膝を叩いた。梶川も軽く頷いていた。

「そういえば、最近、その茶坊主を見かけないな」

前田が口にした。

「確かに、見ておらぬな」

鍋島も考えるような顔つきで言う。

「御体でも壊されているのでしょうか」

杉風が誰にきくわけでもなく言った。

「私が聞いたところによると、吉原に出掛けて以来帰って来ていないとか」

天野長重が言う。

吉原という言葉が出て来ると、皆が其角を一斉に見る。

「先生は何か知っているか」

伊達の隠居がきいた。

「いえ、わしは何にも知りません。五日くらい前に会った時には違う座敷にいて、大そう機嫌が悪そうでしたが」

其角が答える。

それから、皆で宗心の話になったが、梶川与惣兵衛だけどこか口が重たそうであった。

「梶川さま、具合でも悪いのか」

其角がきいた。

「いえ、何でもございません。ただ、浅野殿を取り押さえたことで、なぜ浅野殿に吉良殿を討たせてやらなかったのだと非難を浴びせる者もおりまして……」

「なるほど」

其角は頷いた。

其角は何か知っているのだろうかと思ったが、深くは追及しなかった。

しばらく、話に花を咲かせると、赤い夕陽が西の空を染め始めた。

句会は解散して、門の外で待っていた二郎兵衛と共に、其角は江戸座へ帰った。


翌日の昼間、宗心のことが気になって吉原に足を向けた。

吉原にはいつもながら大勢の遊び客たちが大門をくぐった。

面番所や四郎兵衛会所では心なしか慌ただしそうであった。それを横目に其角は仲之町を進んだ。

宗心が屋敷に帰って来ていないことを思い出した。しかも、吉原に行って以来帰って来ていないかもしれないという。

だが、いくら傲慢な宗心であっても、外泊が禁止されているのに、それを破るということはしないであろう。

そんなことを考えていると、まだ前髪の取れたばかりの商家の若旦那風の男と肩がぶつかった。若旦那は心配そうな面持ちで目をきょろきょろさせている。

「どうした」

其角は思わず声をかけた。

「供の者とはぐれてしまい」

「供の者？」

「はい、太鼓持ちなんですが」

「太鼓持ちだと？」

まだ十五、六の育ちの良さそうな男が、幇間《ほうかん》を侍《はべ》らせているのが不思議であった。

どういう訳かきこうとする前に、

「私の祖父が贔屓《ひいき》にしている太鼓持ちなんです」

と、付け加えた。

「粋な爺《じい》さんだな」

「どこがですか。孫に女を買わせるんですよ」

若旦那は嫌気の差した顔で言う。

「お前さんもそのうちわかる。それより、太鼓持ちを捜してやろう。どうせ狭い吉原のことだ。すぐに見つかるに決まってる」

其角が当然のように言うと、

「すみません」

若旦那が頭を下げた。

「で、なんて名の太鼓持ちだ」

其角はきいた。

「瓶八《びんぱち》です」

「なんだ、あいつか」

先日、紀伊國屋文左衛門と市川團十郎と一緒に呑んだときにも座敷に呼んだ幇間だ。芸達者で、人の懐に入るのがうまく、一緒にいるだけで心地が良い男である。ただ、人気があるだけに、方々の座敷に呼ばれる。瓶八を贔屓にしている中には、其角の嫌いな石橋宗心も含まれている。

「あいつに吉原を案内させるっていうのは、やはりお前の爺さんはかなりの遊び人だ」

「そうなんですかね……」

若旦那は首を傾げる。

「一体、どこの商家なんだ」

「はい、日本橋小田原町《おだわらちょう》の魚問屋の『鯉屋《こいや》』というところです」

「なに、『鯉屋』だと？」

其角の声が大きくなる。『鯉屋』といえば、幕府御用《ごよう》を務める魚問屋であり、芭蕉の門下の杉山杉風の店だ。芭蕉にとっての杉風は、いわば其角にとっての紀伊國屋文左衛門のような者で、深川六間堀《ろっけんぼり》の庵《いおり》を提供したり、金銭面でかなりの援助をした。今年、五十四歳になり、其角にとっては兄のような存在であった。杉風から色々な遊びを教えてもらった。

「そうか、どうりで」

品の良さそうな紅顔で、円《つぶ》らな瞳がどことなく杉風に似ている。

「祖父を知っているのですか」

「よく知っている」

其角が答えると若旦那は驚いた顔をして、

「失礼ですが、あなた様は？」

と、恐る恐る訊ねてきた。

「わしは其角ってもんだ」

「あの宝井其角先生ですか」

「ああ、そうだ」

其角は頷き、

「わしも最初はお前さんの爺さんに連れて来てもらった。ちょうど、お前さんよりひとつかふたつ若い時だったか」

「先生も無理やりに？」

「いや、わしの方から連れて行けとせがんだ」

其角はそう答えてから、近くの見世の前で客引きをしている顔馴染みの若い衆に近づき、

「おい、瓶八を知らねえか」

と、訊ねた。

「瓶八さんなら、さっき大声で誰かの名前を呼びながら、仲之町を走っていきましたよ」

「ほら、お前のことを捜しているぞ」

其角は若旦那に言って、仲之町を奥に向かって歩き出した。後ろから若旦那がついてくる。

しばらく歩いていると、「若旦那、若旦那！」と聞き覚えのある声が路地からした。その方を振り向いてみると、額に汗を光らせた瓶八が肩で息をして、必死の形相で捜していた。

「瓶八！」

其角は手を挙げて、呼びかける。

瓶八はこっちを向くと、目を丸くして飛んで来た。

「先生！」と言った後に、「若旦那、申し訳ございませんでした」と大きく頭を下げる。周囲を歩く男たちが何事だろうとじろじろと見てきた。

「先生、ありがとうございます」

瓶八は其角に大きな声で礼を言う。

「お前はいつも声がうるせえな」

「これだけが取り柄ですから」

「にしても、どうしてはぐれちまったんだ」

「つい、石橋さまの弟君に呼び止められたんです」

「何の用だったんだ？」

「宗心さまが先日、吉原に来たときから帰ってこないそうなんです」

「先日とはいつのことだ」

「ちょうど、先生が文左衛門さんと團十郎さんと呑んだ日です」

瓶八は答える。

「あの時、宗心の座敷から怒鳴り声が聞こえたけど、何かあったのか」

「いえ、あれはどこかの大名家からの付け届けが少ないので不機嫌だったんです」

「あいつらしいな」

其角はそう言ってその場を離れようとしたとき、

「そういえば、昨日の朝、先生もご存知の『鶴見屋』の初花《はつはな》さんがいなくなったって」

「初花が？」

瓶八は思い出したように言う。

其角はきき返した。どうりで四郎兵衛会所が慌ただしかったはずだ。

「どうやって吉原から抜け出したんだ」

「誰か手引きする者がいたんですかね」

「手引きする者か」

「まさか、宗心さまと一緒では……」

瓶八が顎に手を遣《や》る。

「そんなことあるものか」

其角は咄嗟に否定した。

「でも、石橋さまも初花さんも同じ時期にいなくなっているのは確かです」

「ありえねえ」

其角は即座に否定する。

「宗心さまはお城で何か不都合でもやらかしたんですかね。でも、宗心さまは相当小銭を貯め込んでいたでしょうから、女と江戸を離れて、どこかでのうのうと暮らそうとしているんじゃないですかね」

「いや、そんなはずはねえ」

其角は断言した。

「ほら、こうやって話しているとまた若旦那を置いてけ堀にしてしまいますから。先生、この辺りで」

と、瓶八は若旦那と一緒にその場を離れて行った。

其角は妓楼《ぎろう》の『鶴見屋』に足を向けた。

土間に入ると、番頭が不思議そうな顔で「先生、どうしてここに」と出迎えた。

「初花がいなくなったってえのは本当か」

其角は単刀直入に訊ねた。

「はい。そのことで根も葉もない噂が立てられて、迷惑を被っております」

「根も葉もない噂って?」

「石橋さまと吉原から抜け出したのではないかと」

番頭が困ったように言う。

「あいつに間夫はいたのか」

「いないと思いますが……」

番頭は押され気味に答える。番頭に聞いても、あまり詳しいことは聞き出せなさそうだ。

「主人はいるか」

其角はきいた。

「ええ、奥に」

「呼んできてくれ」

「はい」

番頭が一度引き下がり、すぐに主人がやって来た。どこかやつれたような顔をしている。

其角は主人にさっきと同じことをきいた。

すると、主人は苦い顔をしながら、「初花がいなくなったのは本当です」とだけ答えた。

「追手は出したのか」

「はい。でも、見つかりません」

「初花と宗心の噂っていうのは？」

「どうなんでしょう」

「自分のところの遊女のこともわからねえのか」

「初花は無口でしたので」

主人はしんみりと言う。

「その言い方だと、初花が宗心と駆け落ちしてもおかしくねえっていう風にとれるが」

「いえ、そうではございません」

主人は否定する。

「宗心と駆け落ちしたっていうのは、誰が言い出したんだ」

其角はきいた。

「誰が言い出したかわかりませんが、自然に広まっているんです。面番所のお役人さまも宗心さまと駆け落ちしたのかもしれないと仰《おつしや》っていました」

「役人まで？」

其角がきくと、主人は頷く。しかし、あの宗心が女と駆け落ちするとは到底考えられなかった。

二

吉原を出た後、宗心の失踪が引っ掛かる其角は神田同朋町《どうぼうちょう》の御茶坊主屋敷にやって来た。神田神社にほど近いこの場所は、大きな寺が立ち並ぶ寺社地だったが、明暦の大火で一帯は焼け野原になり、翌年、幕府は本格的な江戸の再開発に乗り出した。その際、神田神社の裏門周辺は、御坊主衆の屋敷地に指定された。石橋宗心の住まいもここにある。

其角は辻番《つじばん》に顔を出した。突棒《つくぼう》や刺股《さすまた》などの道具が並べられている。辻番に詰めているのは、三十過ぎの武士と二十歳そこそこの請負《うけおい》だった。

「石橋宗心さまの屋敷はどこにありますか」

其角は石橋に『さま』と付けるのさえ嫌だが、形だけ丁寧な言い方をすると、辻番は顔を顰めた。

「すぐそこだが、石橋殿は行方がわからないと騒いでいたな」

辻番が教えた。

初花もいなくなっているということは、勝手に吉原を抜け出したのだろうか。あんなに厳重な廓のことだ。誰かの手引きがないと出来ない。それとも、宗心は訳あって初花を吉原の外に出したのだろうか。

其角はそんなことを頭の片隅で考えながら、宗心の屋敷を訪ねてみると、若い奉公人が出てきた。

「宗心殿のお身内のどなたかはおられるか」

「いえ、宗心さまのお身内は養子に出た弟君がひとりおられるだけです」

其角がきいた。

「弟君の名は」

「高槻《たかつき》心《しん》次郎《じろう》さまです」

「ここにはいないのか」

「はい。でも、近いうちにこちらにいらっしゃいます」

「そうか」

奉公人は戸惑ったように頷きながらも、

「どちらさまでしょう？」

と、きいてくる。

「宝井其角って者だ」

「あの俳諧の？」

「そうだ」

其角が答えると、奉公人は驚いたように目を見開いた。

「宗心殿はいつから帰ってきていねえんだ」

其角は構わずきく。

「六日前です」

「吉原へ行ったきりだな？」

「はい」

「吉原以外にも、どこかへ行くと言っていたか？」

「いいえ」

「あいつに何か悩み事などなかったか」

「特にないと思いますが……」

奉公人は曖昧《あいまい》に首を動かす。

この男が言うことは、吉原で聞いた話と何ら変わりはない。

「吉原の遊女と駆け落ちしたっていう噂もあるようだが」

其角が口にすると、

「え、ええ……」

奉公人は戸惑ったように答える。

「そんな節はあったのか」

「いえ、ございません」

奉公人は首を横に振った。

宗心が失踪する前触れはなにもなさそうだ。地位を捨てて、急に失踪したくなるということはあるのだろうか。

あの強欲そうな宗心のことだから、まだ茶坊主として、ちやほやされていたいはずだ。だとしたら、城で何かやらかしたのか。

其角はふと、そんなことも考えた。

だが、宗心が女と逃げるなんていうことは考えられない。

宗心と初花が数日違いでいなくなったというのは、たまたま同じような時期になっただけであろう。

其角はふたりの失踪は結び付いていないのではないかと思っていた。

その帰り、突然の雨に其角は柳橋《やなぎばし》の舟宿《ふなやど》に入った。

大川《おおかわ》沿いの二階の窓から外を眺めていると、両国橋《りょうごくばし》を渡る厳めしい学者風の男が見えた。ふと、その男が若い頃の荻生《おぎゅう》徂徠《そらい》と重なる。

荻生徂徠は今でこそ側用人《そばようにん》柳沢保明《やなぎさわやすあきら》の御用学者となっているが、昔は相当の貧乏を強いられていた。それこそ、傘すらない生活であった。その時から其角は知り合いである。と言っても、其角とは性格が合わないので、よく口論になった。

ただ、徂徠は口が達者なので、其角はいつも言い包《くる》められていた。それがやけに腹立たしく、其角は徂徠に怒鳴っていた。徂徠はいくら罵倒されても、何食わぬ顔をして、「先生、みっともないですぞ」と高みから見下すような物言いをする。徂徠は其角と交友関係が似ているから、いくら避けていても時たま同じ会にいることがあり、いつも苦々しい思いをしていた。

ここしばらくは顔を合わせていない。憎たらしい男であったが、徂徠ほど口の達者な者はいなかったし、口喧嘩の歯ごたえのある者は他にいない。

だが、久しぶりに再会しても、また言い争うことになるのが目に見える。

其角は酒を呑みながら、そんなことを考えていた。

頭の中には、昔の知り合いと雨と大川を詠み込んだ句がぼんやりと浮かんで来た。

家に帰ってから、もっと練ろうと思い、ふと懐に手をやると財布がない。

慌てて懐を見るが、やはりなかった。

其角は座敷を出て、一階に下りる。

店の女中と出くわし、

「先生、まだ降っていますよ」

「財布がねえんだ」

「財布が？　うちに来るまではあったのですか」

「いや、わからねえ。もしかしたら、外で落としたかもしれねえ」

「すぐに捜しに行かせます」

女中が奥に行こうとしたが、

「こんな雨の中だ。どこにあるかもわからねえ」

「でも、大切なお財布なんじゃありませんか」

「まあ、そうだな」

其角は渋い顔で答える。以前、二郎兵衛が土産に買ってきてくれたものだった。

いつも付けにしているので金子《きんす》を持ち歩く必要はあまりないが、それでもいざという時の為にいくらかは懐にいれてある。

ここの勘定はどうにでもなるが、財布を失くしたとあっては二郎兵衛に申し訳ない。

其角は尻端折りをして、外に出ようかと思ったが、奥から主人がやって来て、

「先生、どうしたんですか」ときいて来た。

其角はひと通り話した。

「なら、うちの倅に捜しに行かせましょう」

「こんな雨だ」

「気にしないでください。どんな財布ですか?」

「甲州印伝《こうしゅういんでん》で、わしの剣木瓜《けんもっこう》の家紋が描かれている」

其角は答えた。甲州印伝とは、なめした鹿革《しかがわ》に漆《うるし》で模様を付けたものである。

「わかりました。すぐに捜しに行かせますので、先生はお二階で待っていてください」

主人に促され、其角は元の座敷に戻る。

それから、大川を眺めながら酒を呑んで待った。

猪牙舟《ちょきぶね》が大川から神田川に入り、舟宿の前で停まった。

笠を被ったふたりの職人風の若い男たちが慌てて舟から下りて、其角のいる舟宿

に入って来る。

それからすぐに階段を上がって来る足音と共に、「それにしても、びっくりしたな。まさかあんなところにあんな財布が落ちていたなんて」という若い男たちの声が廊下から聞こえた。

「吉原の客が落としたんだろう」

「それにしても、あんな人が歩かないような場所に……」

男たちは声を潜める。

其角は部屋を出た。

「ちょっと、いいか」

其角が襖越しに声をかける。

「何でえ」

中から声が返って来る。

其角が襖を開けると、ふたりとも二十代半ばくらいで、ひとりはきりっとした切れ長の目の端整な顔立ちで、もうひとりは大きな丸顔に寄り目の男だった。

ふたりとも訝《いぶか》しそうな顔で見てきたが、切れ長の目の男が「あっ」と声をあげ、

「もしや、其角先生では」

と、きいてくる。

其角は無言で頷く。もうひとりの方もさっきまでの勢いはなくなり、背筋を伸ばした。

「いま財布を拾ったって言ったな」

「はい」

切れ長の目の男が肩をすぼめる。

「甲州印伝の財布じゃなかったか」

其角は問い詰めるようにきいた。

「甲州印伝？　よくわかりませんが、これです」

切れ長の目の男が懐から、黒い鮫皮《さめがわ》の財布を取り出した。

其角はその財布を一瞥《いちべつ》して、

「なんだ、違った。悪かったな」

と、詫びた。

「いえ、とんでもございません」

ふたりとも首を横に振る。

「今日は財布を落とす日なのか。一体、どこで拾ったんだ」

「鏡《かがみ》が池《いけ》の草むらです」

「鏡が池？　どうして、そんなところに？」

其角は何とはなしにきいたが、

「ちょっと小便がしたくなって」

寄り目の男が叱られた子どものように縮こまりながら答えた。

「いくら入っていた？」

「十両ほどです。それでつい出来心で」

「自分のものにしようとしたんだな」

「へい」

ひとりが項垂《うなだ》れて答える。もうひとりは気まずそうな顔をしている。

「拾った金があるから、気が大きくなって遊びに繰り出したってわけか」

「はい。ちゃんと届け出ますから、金を勝手に使ったことを親分には……」

ひとりが頼み込むと、もうひとりも頭を下げた。

「ねこばばなんぞ、別にどうってことねえ。俺だって昔苦しいときにはよくやっていた」

「えっ、先生が？　まさか」

「まあ、俺の話なんかどうでもいい」

其角はそれだけ言って部屋を出て、元の座敷に戻った。

しばらくして、主人が座敷に入って来た。

手には濡れた甲州印伝の財布を持っていた。

其角はそれを見るなり、目を大きく開いて、

「よく見つけたな」

と、頬を綻《ほころ》ばせた。

「近くの自身番に届けられていたみたいです」

「自身番に？」

「はい。近所の酒屋の小僧が柳橋の袂《たもと》で拾って、届けてくれたみたいです」

「そうか。そいつのお陰だ」

其角は財布の中身を取り出した。一分銀が二枚ある。主人に二分を渡して、「ひとつを小僧に、もうひとつを倅にやってくれ」と、言い付けた。

「そんな、頂けません」

主人は断ろうとする。

「俺の気持ちだ」

其角は押し返した。

「かえってお気を遣わせてしまって」

主人は畏《かしこ》まって言う。

外を見ると、もう雨は止《や》んでいた。其角は立ち上がり、座敷を出た。


その日の夜、其角は江戸座の書斎で句を捻《ひね》っていたが気に入らず、書いては捨ての繰り返しであった。

部屋の中が丸めた紙だらけになっている。

廊下から二郎兵衛の足音が聞こえてきた。

「先生、七太郎親分が」

二郎兵衛が襖を開ける。

「何の用だ」

其角は顔を向けた。

「伺いたいことがあると」

「こんな夜分になんだろう。何か駕籠かき殺しの件で進展があったのか」

「勝手口にいます」

「すぐ行く」

其角は勝手口に向かった。

「遅くにすみません」

七太郎は其角を見るなり、頭を下げる。

「どうしたんだ」

其角はきいた。

「大八車が見つかりました」

「どこで見つかったんだ」

「鏡が池です。それで、探索していたら怪しいふたり組が草むらから出てきたのを見たという者がいました」

「ふたりだと？」

其角は昼間の柳橋にいた男たちを思い出した。

「そいつらが大八車を引っ張って来たんだろうと思っています。そいつらを捜しているところです」

「どういう男たちなんだ」

「ひとりは切れ長の目で、もうひとりは大きな顔に円らな瞳でした」

其角はおやっと思い、

「それはあいつらだ」

「先生、何かご存知ですか」

「財布を拾ったっていう話をしていた。ただねこばばしただけだって」

「ただのねこばば？　先生、金を盗むのだって立派な罪です」

七太郎が怒ったように言う。

「すまねえ」

其角は圧倒され、頭を下げた。

「それより、死体は？」

「まだ見つかっていませんが、明日の朝も引き続き鏡が池を捜すつもりです」

「よし、わしも行く」

「先生も？」

「気になるじゃねえか」

「わかりました。明け六つ（午前六時）過ぎには鏡が池に行きます」

七太郎はそう伝えると帰って行った。

其角は書斎に戻りながら、荒川と南郷の件を思い出していた。

次の日の昼、浅茅原《あさじがはら》に着いた。どんよりと重たい雲が覆っていた。

鏡が池の一角には、町役人と若い男たちが集まっていた。

普段は侘《わび》しいところである。

其角は七太郎を見つけると、声をかけた。

「どうだった？」

「いえ、見つかりません。おそらく、ここにはないと思います」

「沈められているはずだ」

其角は決め込んだ。

「どうでしょうか。だいぶ捜しましたけど」

七太郎は首を傾げる。

「先生、本当に死体はあったんでしょうか？」

「なに？」

「大八車に載せられていたのは死体だったんですか？　生きている人が載せられていたんじゃなくて？　この付近を捜しても、死体は見つからないんですから」

七太郎がきいてくる。

「何で今さら……」

其角は呆れたようにため息をつく。

「いえ、ただ確かめただけです」

七太郎は気遣うように答える。

「死体を見られたって、荒川が言ってきたんだ」

「先生が見たのは筵からはみ出した腕だけでしたね」

「そうだが」

「あっしも先生を疑うわけじゃないんですが」

「巣鴨がここに来ていねえってのは、信用していねえからか」

其角は不快そうに言う。

「……」

七太郎は言葉に詰まる。

「巣鴨はどうも探索に乗り気じゃねえ。もしかして、荒川に弱みでも握られているんじゃねえのか」

其角は何気なくつぶやいた。

「いや、そんな……」

七太郎の顔が曇る。

「お前もそう思っているんじゃねえのか」

其角は問い詰める。

「……」

七太郎は顔を俯《うつむ》けてから、

「あんなに探索に命をかけている旦那は他におりません。なので、あっしも尊敬しているんです」

と、庇うように答える。

「そんな同心が弱みを握られるか……」

「……」

七太郎は巣鴨の話になると、相変わらず口が重たくなる。

「あれから荒川と南郷を調べているのか。まあ、してないだろう、あの巣鴨の様子じゃ」

其角は話を戻した。

「旦那には内緒で密かにやっています。阿国についても、もう一度調べました。やはり、荒川と一緒だったと言っていました。ただ、不思議なことに荒川は田原町の阿国のところにも通っていないようです」

七太郎は首を振る。

「目をつけられているとわかっているからか」

其角は独り言のように言う。

「阿国の近所の者は荒川のことを見たことないっていうんです」

「いつも用心して行っているのか」

「わかりませんが、もしそうだとしたら、どうして荒川は身を隠して阿国のもとへ通っているのかわかりません」

「たしかにそうだな。荒川はただの浪人だ」

「南郷の方は？」

其角は続いてきいた。

「殺しについてはまったく関係のないことばかりです。月に一度、吉原に通っているようで」

「吉原に？」

「なんでも惚れた女がいるという噂で」

「相手は？」

「『鶴見屋』の遊女だと思います」

「どの遊女だ」

「『鶴見屋』の主人にきいても、はぐらかされるだけで教えてくれないんです。まあ、殺しとは関係ないでしょうから、詳しく問い詰めることはありませんが」

七太郎はあっさりと言った。

「そうだな……」

其角はそう答えたが、『鶴見屋』というのが気になった。滝川や桐里、初花がいる妓楼だ。その初花が失踪している。

『鶴見屋』で何かが起こっているのか。

其角はそんなことも脳裏を過ったが、考え過ぎだと思った。

三

四月朔日《ついたち》。

其角は駕籠で今戸神社の裏手までやって来た。青葉を付けた木々が風に大きく揺れている。

鏡が池の周囲をさらに範囲を広げて死体の探索をすると七太郎が言っていたのに、一向に何の知らせもない。本当に探索したのか気になった其角は七太郎のところまで訪ねてきた。

呑み屋の表は開けっ放しになっていた。中からおかみさんが出てきて、中腰になって箱を運んでいる。七太郎の女房だ。

「手伝ってやる」

其角が箱の下に両手を添えた。

どしりと重みを感じる。おかみさんは手を離さない。

「先生、これくらいひとりで平気ですよ」

おかみさんは力んだ顔で言う。

「馬鹿いえ、腰を痛めちまう」

「でも……」

「どこへ運べばいいんだ？」

「隣の店の前に置いていていただければ」

其角は箱をひとりで持ち、隣の乾物屋の前に箱を置いた。

「すみません」

おかみさんが頭を下げる。

「なんてことねえ」

其角は汗を手の甲で拭い、

「一体、何が入っているんだ？」

と、きいた。

「お皿です」

「皿？」

「昨夜、三十過ぎの恰幅の良いやくざ者がやって来て、店を荒らして帰ったんです。それで、割れたお皿を集めていたら、乾物屋さんのおかみさんが金継ぎに使いたいから譲ってくれというので」

おかみさんは語った。

「今までにも来たことのある客か」

「いえ、初めてです。でも、うちの亭主のことは知っているようでした」

おかみさんは眉間に皺を寄せ、

「日頃悪い奴を相手にしていますから、逆恨みされることもあります」

と、平然と言った。

その肝っ玉の太さに、さすが、岡っ引きの女房だと感心した。

「七太郎は？」

其角がきく。

「明け六つくらいから探索に出かけています」

其角はその場を立ち去った。


それから、辻駕籠で鏡が池へ行ったが、誰もいなかった。続いて、荒川と南郷の住む新鳥越町に移った。

三谷橋《さんやばし》の北側にある、奥州街道の両側に跨《またが》る町で、一丁目から四丁目まである細長い町域である。

辺鄙な土地であるが、吉原が近いとあって、なかなか値の張る料理茶屋が所々にあった。其角は七太郎を捜して歩いていると、町役人風の中年の男が近づいてきた。

「先生、ご無沙汰しております」

「誰だったか？」

其角は相手の顔を思い出せなかった。

「覚えていなくても無理ありませんが、句会でお世話になりました」

「そんなこともあったっけな」

其角はぼんやりと覚えている程度であった。

「そんなことより、七太郎を見なかったか」

其角はきいた。

「さっき、やって来ました。昨日、親分のおかみさんがやっている呑み屋がやくざに襲われたとかで、少し前まで、こちらの自身番でその男に話をきいていました」

「じゃあ、捕まえたのか」

「ええ」

「やくざってえのは誰なんだ？」

「伝五郎《でんごろう》です」

「伝五郎？」

其角は聞いたことのない名前にきき返した。

「ただのごろつきです」

「なんで暴れたんだ」

「むしゃくしゃしていたと」

「それだけか？」

「はい」

町役人が答える。

「七太郎はそのことの探索だけに来たのか」

「いえ、駕籠かき殺しも絡んでいるようです。もしかしたら、駕籠かき殺しと繋がっているのではないかと考えていたようですが、実際は全く関係ないようでした」

「そうか」

其角は頷き、自身番を出ようと思った。

その時、巣鴨が少し先を歩いているのが見えた。供に連れているのは、七太郎ではない岡っ引きである。其角も何度か顔を合わせたことのある男だが、よく覚えてはいなかった。

「最近、あの親分が巣鴨の旦那のお供をしています」

町役人が何も考えていない様子で言った。

巣鴨の探索をしない姿勢に逆らって、七太郎が勝手に駕籠かき殺しを調べていることが気に入らないのであろうか。

「巣鴨っていうのは、どんな野郎なんだ」

其角は改まった声できいた。

「あの七太郎親分が慕っているくらいの方で、堅すぎる程に真面目な方です。女遊びもしなければ、酒もたばこも嗜《たしな》みませんし、博打《ばくち》なんかはもってのほか。付け届けすら、受け取ることもない方です」

町役人は答える。

其角は町役人をまじまじと見た。この男が巣鴨を庇っているようには思えない。

それから、南郷について知っているというのできいた。

南郷は三十歳で、五年前まで西国のある藩に仕えていたが、藩主の怒りに触れ、放逐された。その後、同郷の商人が新鳥越町で店を開いていることから、この地で剣術道場の師範代をしているそうだ。そこの門弟だった荒川平八と出会ったのではないかと考えていた。

其角は荒川平八のこともきいてみたが、

「あの方のことはよくわかりません」

と、申し訳なさそうに言われた。

其角は町役人と別れると、再び七太郎を捜し回った。

三丁目の円常寺《えんじょうじ》の山門の前を通りがかったとき、七太郎とその手下が真剣な顔で話し込んでいるところを見かけた。

其角は七太郎たちに近づいた。

「あ、先生」

七太郎と手下は頭を下げる。

「お前さんを捜していた」

「鏡が池の件ですか」

「ああ、どうだった？」

「周辺を捜しましたけど、見つかりませんでした」

「よく捜したのか」

「ええ、念入りに捜しましたけどなかったんです」

「そうか」

沈められたのか、あるいは周辺に埋められたのかはわからないが、其角は必ず池の近くに死体はあるはずだと思ってやまなかった。

「ところで、お前のところの呑み屋が伝五郎ってやくざ者に荒らされたようじゃねえか」

「あ、はい。よくご存知で」

七太郎は驚いたように言う。

「さっき、聞いた。伝五郎の仕業だそうだな」

「そうです。むしゃくしゃしていたから暴れたとか」

「本当にそれだけなのか」

「らしいです」

「そういや、お前さんは最近巣鴨の供回《ともまわ》りをしていねえようだな」

と、思い出したようにきいた。

「ええ……」

七太郎が小さく答える。

「なにかあったのか」

「いえ、なにもありませんが、他にも手札《てふだ》を与えている岡っ引きがいるので、そっちの方が使えると見込んでいるのでしょう」

「まさか、お前さんを差し置いて、他に優れた岡っ引きがいるとは思えねえ」

「先生、そんな大袈裟《おおげさ》な」

「巣鴨はお前さんを避けているのか」

と、覗き込むようにきいた。

「いえ、そういうわけでは……」

七太郎はそれでもしつこく否定した。

「巣鴨はやましいことがあるのだろう」

「……」

七太郎は否定もしなかった。それが答えのようなものだ。

「で、お前さんはどうするんだ」

其角は確かめる。

「一応、探索は続けようかと」

七太郎は小さく頷いた。

「邪魔されねえようにしないとな」

「いえ、旦那が邪魔なんかしないと思います」

七太郎の声にいつもの張りがない。

其角は七太郎に、何かあったらすぐに知らせてくれと言い、その場を後にした。

四

次の日の夕方、江戸座で其角と二郎兵衛は酒を呑んでいた。ここのところ、忙しくて、家でゆっくりと呑むことはなかった。

「先生、おかみさんの体調が優れないようですけど、業平に見舞いに行かなくてもいいんですか」

二郎兵衛がきいてきた。

「ああ、おりくが付いているから平気だ」

其角は猪口を傾けながら答える。

「先生が行けば、おかみさんだって嬉しいですよ」

「まさか、あいつが……。いつも喧嘩ばかりだ」

其角は鼻で笑う。

「ですが、行くに越したことはないと思いますが……」

二郎兵衛は不服そうに言う。

「それより、赤穂の方々はどうしているだろうな」

其角は俳句を通して交流のあった大高源吾、冨森助右衛門、萱野《かやの》重実《しげざね》や不破数右衛門に思いを馳せた。

「刃傷のあと、お屋敷を引き払うときは大変でしたね」

そんな話をしている時に、戸口の方から声がした。

「おや、誰か来たようだ」

其角が言うと、二郎兵衛が立ち上がって、部屋を出て行った。

それから、すぐに二郎兵衛が市川團十郎と部屋に入ってきた。團十郎の手には徳利がある。

「先生、見舞いに来ましたよ。色々大変だったみたいですね」

團十郎が全て知っているような顔をして言った。

「俺はこの通り元気だ」

其角は笑って答える。二郎兵衛は團十郎の為に猪口を持って来た。團十郎は「すまねえな」と言って受け取った。

「ただ、駕籠かきが殺されちまって」

其角はしんみりと言う。

「下手人はまだ捕まっていねえんですかい」

「名前や住まいはわかっているんだが、巣鴨三十郎という同心が動こうとしねえ」

「どうしてですか」

「わからねえ」

「同心がねえ……」

團十郎は納得できないように首を傾げ、

「下手人は何ていう奴なんですか」

と、きいてきた。

「荒川平八だ」

其角は答える。

「荒川平八？」

團十郎は眉根を寄せた。

「知っているのか」

其角はさらにきいた。

「聞いたことはあります。うちに生島新五郎《いくしましんごろう》っていう役者がいまして、そいつから
ちょっと聞いたことがあります」

團十郎は低い声で言った。

「生島新五郎っていや、あの二枚目か」

其角の脳裏に細面の苦み走った好い男が浮かんだ。芝居では、いつもいい役を演
じている。色気がある整った顔立ちだが、どこか影のあるところがいい味を出して
いる。

「新五郎に話を聞けるか？」

「ええ、もちろんでござい。これから、稽古があるんで、よかったら一緒に」

團十郎が誘った。

ふたりは駕籠に乗って、江戸座を出た。


辺りはすっかり暗くなっていた。

木挽町《こびきちょう》の山村座《やまむらざ》の裏手にある大きな二階建ての前で駕籠から下りる。駕籠の払いは二人分、紀伊國屋文左衛門に付けさせて、團十郎はその建物をくぐった。

広い土間に履物が何十足も、綺麗に並べられていた。

履物を脱ぎ、其角は團十郎に続いて、奥へ行った。

廊下の途中からきびきびとした三味線や太鼓の音が聞こえる。唸るような声もした。

「成田屋《なりたや》、長い付き合いだけど、稽古場に連れてきてもらったことはなかったな」

其角は小さな声で言った。

「見てもあまり面白いもんじゃねえですから」

團十郎は苦そうに笑う。

ふたりが稽古場に入ると、広い檜板《ひのきいた》の部屋で稽古をしていた者たちは一度稽古を止めたが、團十郎に促され、そのまま続けた。

團十郎はキリの良いところで、

「新五郎！」

と、声を上げた。

新五郎は額の汗を拭いながら、小走りでやって来た。

「宝井其角先生だ」

團十郎が紹介した。

「先生のお名前はかねがね伺っております」

新五郎が頭を下げる。

「お前さん、荒川平八のことを知っているようだな」

其角はきいた。

「ええ、何度か会ったことがあります」

新五郎が答えると、團十郎はその場を離れて、奥の役者たちのもとへ行った。

「稽古を続けろ」

團十郎は役者たちに指示する。

其角は改めて新五郎を見て、

「荒川をどうして知っているんだ」

と、尋ねた。

「一年くらい前に、両国広小路の茶屋で出会ったのがきっかけです。それから、何度かご馳走《ちそう》になりました」

新五郎は決まり悪そうに言った。

「それでひと月前、ちょっと妙な話を持ちかけられまして」

新五郎は弱ったようにこめかみを掻《か》く。

「妙な話ってえのは？」

其角はすかさずきいた。

新五郎は團十郎を気にしてか、後ろを向いた。團十郎はまだ十五、六歳くらいの役者に手取り足取り教えている。

新五郎は其角に顔を戻してから、

「ある呉服屋の娘があっしのことを好いているみたいだから、付き合ってやれと言われました」

「その娘から金を引っ張ってこさせるつもりだったのか」

「荒川は女を利用して、仲間と共に呉服屋から強請《ゆす》ろうと企んでいるようでした」

「仲間？」

もしや、南郷かとも思った。

「ちょっと、名前までは思い出せませんが、荒川と同じ年くらいの太ったやくざ者です」

「そうか。で、どうなった？」

「あっしは断って、恐《こわ》くなったので巣鴨の旦那に荒川のことを伝えました。それからは疎遠になりました」

こんな強請《ゆすり》をしようとした男だと知っていながら駕籠かき殺しの探索はしない。やはり、何かあるのだと、其角は深く思った。

其角は新五郎に「ありがとよ」と告げ、團十郎に別れを告げて、稽古場を後にした。


五つ(午後八時)過ぎ、其角は今戸の七太郎のおかみさんがやっている吞み屋の前を通った。店の中からは賑やかな声と酒の香りが漂ってくる。其角は裏庭に回った。開けっ放しの障子《しょうじ》の先で、七太郎が煙管《キセル》を咥《くわ》えていて、膝元には徳利と猪口が置いてあった。

「ちょいと邪魔するぜ」

声を掛けると、七太郎が気付いて、姿勢を正す。

其角は縁側に腰をかけ、

「ひと月くらい前に、荒川がやくざ者と一緒に呉服屋の娘を使って、何か企んでいたようじゃねえか」

と、単刀直入にいう。

「荒川が？　そんなこと知りませんが」

七太郎は首を傾げる。

「惚《とぼ》けたって無駄だ。生島新五郎って役者からちゃんと聞いたんだ」

其角は憤然として、ことのあらましを語った。

七太郎は真剣に聞きながら、

「そんなことがあったなんて、本当に知りません」

と、言い放った。

「生島新五郎が嘘ついているってえのか」

「いえ……」

七太郎は言葉に詰まる。

「じゃあ、巣鴨がお前に黙っていたのか」

「まさか、そんなことは……」

「誰かが嘘をついているとしか考えられねえ。巣鴨は駕籠かき殺しの件でも、探索に乗り気じゃねえ。あいつはどこかおかしい」

其角は決めつけた。

七太郎は少し考えてから、

「生島新五郎の話では、荒川と一緒に悪さを企てたのが同じ年くらいのやくざ者なんですね」

と、確かめてきた。

「そう言っていた」

「もしかして、伝五郎……」

七太郎が呟く。

「伝五郎って、お前のところを荒らした？」

「はい」

「二人は仲がいいのか？」

「以前に悪だくみをしていたことがあります。ちょうど、二年ほど前です。ふたりで商家に強請を働いていました。たまたまあっしが見廻りをしている時だったので、駆け付けて伝五郎を捕まえました。店の者の話では、浪人風の男も一緒だったということなのですが、逃げられてしまいました」

「その浪人が荒川なのか」

「探索していくうちに荒川ではないかと思い、伝五郎を問い詰めてみたのですが、あいつは認めませんでした」

「で、どうなったんだ」

其角は体を乗り出すようにきいた。

「商家の方でも被害はなかったですし、仕返しも恐いと主人が気にしていて、伝五郎は解き放たれました。伝五郎はその時には改心すると涙ながらに言っていましたが、その言葉はどこへ行ったのやら……」

七太郎がため息をついた。

「それが二年前なんだな」

其角は確かめる。

「はい」

七太郎が力強く頷いた。

「だとしたら、どうして今頃お前のところに行って、悪さをしたのだろう。仕返しだったら、随分経っているじゃねえか」

「仕返しじゃないと思いますが」

「皿を割られているんだろう」

「巣鴨の旦那が酒が入っていただけだから、許してやれと」

「なに、またあいつが」

其角は苦々しく言う。

七太郎は厳しい目をして何やら考えているようだった。

「それ以外に荒川が何かやらかしたことは？」

其角はきく。

「ありません」

七太郎はきっぱりと答えた。

「今回も巣鴨は荒川を庇っているようだ。気に留めておくんだ」

其角はそう言い残して、自宅に帰った。

翌日、其角は再び神田同朋町の石橋屋敷を訪ねた。若い奉公人は土間に立っている其角を見るなり、

「弟君でしょうか」

と、きいてきた。

「そうだ、来ているか?」

「ええ、おります」

奉公人は一度奥に下がり、二十歳そこそこの細身で端整な顔立ちの武士と一緒に戻って来た。兄の宗心のような傲慢な感じはない。

「こちらが宝井其角先生というお方で」

奉公人が手のひらを其角に向けて伝えると、

「私は宗心が弟、高槻心次郎にございまする」

心次郎がやわらかい物腰で言った。

「あなたは武士ですか」

「ええ、御家人の家に養子に入りまして。でも、兄とはよく会っていましたので、先生の噂はかねがね」

「悪口を聞いているわけですかな」

其角が試すようにきく。

「ええ、吉原の女のことで……。でも、あの兄のことですので、むしろ兄の方が迷惑をかけていたと思います。其角先生の御高名は山田宗徧《やまだそうへん》先生からかねがね」

山田宗徧は宗徧流茶道の祖であり、本所《ほんじょ》に居を構える人物だ。其角とも度々交流があった。

「宗徧さんと知り合いですか」

「はい、拙者も茶道をかじっておりますので」

「そうでしたか」

二人は真顔になって、

「それより、心次郎さまも先日吉原で宗心さまのことをきき回っていたそうですね」

其角が本題に入った。

「はい。兄が急にいなくなったのを不審に思いまして」

心次郎が決め込む。

「その辺のことを詳しく聞かせてくれませんか」

其角は頼んだ。

心次郎はまだ全てがわかっているわけではないと言いながらも、

「三月二十四日の朝、非番だった兄は四つ半（午前十一時）過ぎにこの屋敷を出立したようです。いつぞや、ここに帰ってきたとき、玄関でたまたま顔を合わせたので、どこへ行くのか聞いてみると、吉原だと言うのです。このところ、吉原にしょっちゅう通っているようでしたので金の心配をしていたところ、『付け届け以外にも、金はたんまりとあるから心配するな』と一蹴されました」

と、淡々と語った。

其角は心次郎が話している途中で、

「付け届け以外にも金があると？」

と、確かめた。

「詳しくはわかりませぬが、先の刃傷での活躍により、まとまった金が入って来たというのです」

「まとまった金……」

其角は呟く。梶川与惣兵衛が言っていたように、宗心は刃傷の時に松の廊下にいた。梶川が取り押さえたことで加増されたくらいであるから、その場にいて、咄嗟の応対をした宗心も何かしらの褒美をもらっていたとしてもおかしくない。

「すみません。続けてください」

其角は促すと、心次郎が再び語り始めた。

「兄は昼見世で遊んで、夕方に座敷で呑んでから帰って来るということがありました。時折、吉原の後にどこかへ行ったのか夜遅くになることもありましたが、さすがに禁じられている外泊まですることはありませんでした。それなのに、その日に限っては九つ（午前零時）近くになっても、帰って来なかったそうです。もし、外泊したことが知られたら、只では済まないでしょうから、奉公人たちが捜しまわったようです。でも、兄は見つかりませんでした」

心次郎は苦い顔をして話し終えた。

「それで、ずっと宗心さまのことを捜しているのですか」

其角はきく。

「はい。もし何かあったとしたら、吉原から同朋町までの途中だと思って、方々できき回ったのですが、誰ひとりとして兄の姿を見た者はおりませんでした」

「吉原では何かわかりましたか」

「いいえ、『鶴見屋』の初花という遊女と駆け落ちしたのではないかという噂が広まっていましたが、兄はそんなことをするはずありません」

心次郎はきっぱりと否定する。

「そうですな」

其角も深く頷いた。

「兄は二十四日の夜には吉原を出ているようでした。いつもなら連れの者と途中まで帰ることもあるそうなのですが、その日に限ってはどこか寄るところがあると言い、大門の前に停まっていた駕籠に乗ったそうです」

心次郎が考えこむように言う。

「その駕籠かきはわかりますか」

其角はすかさずきいた。

「はい。浅草浅留町《あさとめちょう》にある『駕籠辰《かごたつ》』という駕籠かきです。昨日、話をききに行ったら、入谷の仁徳寺《にんとくじ》の山門まで乗せて行ったと」

「寺の山門まで？」

「誰かと待ち合わせているようだと駕籠かきが言っていました」

心次郎が答える。

「他に何か手掛かりになるようなことはないのですか」

其角はさらにきいた。

「いえ、何も。兄は急にいなくなるようなことはありえません」

「では、事件に巻き込まれたと？」

「兄は剣の腕が立ちますから」

心次郎は答える。

「金はどのくらい持っていたんでしょう」

「黒い鮫皮の財布に、大枚《たいまい》を入れていました」

「黒い鮫皮？」

其角は、はっとした。

「どうしたのですか」

心次郎が身を乗り出すようにきく。

「鏡が池でそのような財布を拾ったものがいます」

「本当ですか」

「傍に大八車が捨てられていました。実は死体を運んでいる大八車とすれ違ったんです。もしかしたら、その死体が宗心さまかもしれません」

其角は低く、重たい声で告げる。

「一体、誰が？」

「荒川平八という浪人です」

「荒川平八……」

心次郎が繰り返す。

「心当たりはありませんか」

「いえ、聞いたこともありません」

心次郎は首を横に振る。

「そうですか」

其角は荒川が宗心を殺したに違いないと確信して、心次郎と別れた。

石橋の屋敷を出たとき、ふと後ろから誰かの気配を感じた。

振り返ってみても誰もいない。

ただの思い過ごしかと、其角は再び歩き出した。

五

それから、其角は浅草浅留町の『駕籠辰』にやって来た。浅留町は寛永《かんえい》十九年(一六四二)に「通し矢」で有名な京都東山《ひがしやま》の三十三間堂《さんじゅうさんげんどう》にならって、浅草三十三間堂が建立され、俗に堂前と呼ばれている。三年前の元禄《げんろく》十一年に三十三間堂が焼失するも、跡地には下谷《したや》あたりの寺院が移転して寺社町として栄えていた。

『駕籠辰』に入ると、若い寺男が「和尚が後で乗るからよろしくお願いします」と店の番頭風の男に伝えて出て行った。

番頭は其角の禿頭を見て、

「えーと、どこの和尚でしたか」

と、戸惑ったようにきいた。

「わしは坊主じゃねえ。其角って者だ」

「其角……。もしや、あの俳諧師の其角先生？」

「そうだ」

「それは失礼致しました。駕籠ならすぐに」

番頭は駕籠かきを呼びに行こうとしたが、

「違う。石橋宗心を乗せた駕籠かきのことで聞きてえ」

其角は言い放った。

番頭はすぐにわかったようで、

「先生も何かお調べなのですか」

と、きいてきた。

「ああ。宗心の弟の心次郎さまから聞いたんだ」

其角は答えた。

「では、その時の駕籠かきを連れてきますので」

番頭は一度奥に下がり、肌の焼けた若い駕籠かきたちと共に戻って来た。

「其角先生が石橋さまのことをききたいと」

番頭が促すと、

「へい、あっしらが大門から仁徳寺の山門までお乗せしました」

ひとりが答える。

「時刻は覚えているか」

「暮れ六つ（午後六時）過ぎです」

「夜にそんな寺まで送るなんておかしいと思わなかったのか」

「気にかかりましたが、誰かと待ち合わせしているようなことを仰っていたので」

もうひとりが言う。

「下ろした時には、相手は山門にいたのか？」

「いいえ、多分いなかったと思います。ただ、商家のお内儀《かみ》さんっぽい方はいましたが」

「商家のお内儀さんか」

宗心とは関係がないと思ったが、もしかしたら、何か見ていたかもしれない。

「そのお内儀さんはどんな容姿だった？」

「暗くてよくわかりませんでしたが、背が高かった気がします」

「そうか」

其角は頷いてから、

「宗心を下ろしてから、お前さんたちはどうしていたんだ」

と、尋ねた。

「また大門に戻りました。あそこにいるとすぐにお客さまは摑《つか》まりますから」

其角はそれから色々と詳しくきいてみたが、特にこれといったことはわからなかった。『駕籠辰』を出ると、入谷の仁徳寺まで向かった。

田圃の中に大きな寺々が並んでいる。

陽が低くなり、烏《からす》が声を上げながら遠くへ飛んでいった。

其角は銀龍山《ぎんりゆうざん》と書かれた山門をくぐり、階段を上った。その先には、白い石が敷かれた広い境内《けいだい》があり、寺男が掃除をしていた。

寺男に近づくと、向こうから頭を下げてきた。

「お前さんはこの寺で勤めているんだな」

其角は確かめてから、

「三月二十四日の夜のことは覚えているか」

と、切り出した。

「三月二十四日ですか？　もしかして、石橋さまが山門にいたということで」

「そのことだ」

其角は頷いた。

「昨日、石橋さまの弟君が来られて色々聞いて帰られましたが、寺の者は誰一人として見ていないんです」

寺男は申し訳なさそうに答える。

「その次の日に、血のような痕があったりとかはなかったかえ？」

「そういえば、山門の脇に赤いものがこびりついていました。でも、それが血だったのかどうか」

寺男は自信なさそうに答える。

「他に気が付いたことは？」

其角はきいた。

「特にはありません」

「見廻りはしていねえのか」

「夜にお詣《まい》りされる方もいますので、境内は見廻りますが、階段を下りたところの山門までは……」

「じゃあ、背の高い商家のお内儀さん風の女はいたか」

其角は『駕籠辰』で聞いたことを思い出して訊ねた。

「ええ、近くの仏壇屋のお内儀さんだと思います」

「どこにあるんだ」

「山門を出て右手に真っすぐ行くと、『釈屋《しやくや》』という看板が見えます。そこのお内儀さんです」

其角は寺男から聞いた通りに、山門を出て右手を進んだ。しばらく歩くと、『釈屋』の大きな看板が見えた。

店に入ると、大小いくつもの仏壇が並べられている。奥に進むと、帳場があり、人柄の良さそうな三十くらいの男が座っていた。

其角は名乗ってから、

「お内儀さんに話を聞きたいんだ。覚えがないかもしれねが、三月二十四日の夜のことだと伝えてくれ」

と、言った。男はすぐにお内儀さんと共に戻って来た。

「いきなり、すまねえ。三月二十四日の夜に、仁徳寺へお詣りに行ったか」

其角は出し抜けにきく。

「はい。毎日暮れ六つ過ぎにはお詣りしています」

「その時に、駕籠から下りてくる坊主を見なかったか」

其角はさらにきいた。

「ええ、見かけました」

「その男のことで、何か覚えていることはないか」

「そうですね……。誰かと待ち合わせしているようでした。境内に頭巾をかぶったお侍さまがいらっしゃったので、もしかしたら、その方と待ち合わせしているのではないかとも思いました」

「頭巾をかぶった侍か。浪人だったか」

「暗くてそこまではわかりませんが、刀を提げていましたので。体はがっしりしているようでした」

「そうか」

断定はできないが、荒川であることも十分に考えられる。

其角は『釈屋』を出ると、とりあえずこのことを伝えに今戸の七太郎のもとへ向かった。


その日の夜、其角は吉原大門をくぐった。

今日は遊びではなく、宗心のことを探るためだ。さっき、七太郎に『駕籠辰』や仁徳寺で聞いたことを伝えると、そのことを考慮して、再び探索をしてみるとの返事だった。巣鴨と違い、七太郎は駕籠かき殺しの探索に意欲を持っているのは伝わった。だが、同心の巣鴨が乗り気でない以上、どこまで七太郎にできるものか……。

其角は妓楼の『鶴見屋』や揚屋の『蓮屋』でき込んだが、これと言ったことはわからなかった。

少し前までだったら、其角のよく使っていた駕籠かきふたりが大門の前で待っていたものだ。あのふたりは荒川に殺されてしまった。そう振り返ると、改めて怒りがふつふつとこみ上げてくる。

衣紋坂を上ったさきに、駕籠かきの姿があった。ふたりとも、待ってましたとばかりに、笑顔を向ける。

「駕籠はどうです？」

ひとりが呼びかけた。嫌味のないさっぱりとした顔をしている。どこか陰のありそうな目つきが、かえって女好きしそうだ。

「いや、歩いて帰る」

「そんなこと言わずに。其角先生でしょう？」

「俺を知っているのか」

「ええ、何度かお見掛けしまして」

駕籠かきは、やたら笑顔で話しかけてくる。

「まあ、これも何かの縁ですので」

「じゃあ、頼む」

其角は頼んだ。

「へい」

駕籠かきが答える。其角は駕籠に乗り込んで、「今戸神社の裏手にある岡っ引きの七太郎の家まで行ってくれ」と頼んだ。

「へい」

ふたりが同時に威勢のよい声で答える。

「お前さんたちはいつもこの辺りにいるのか」

駕籠が日本堤を行くなか、其角はきいた。

「近ごろは」

先棒が答える。

「そうか。朝もいるのか」

「ええ」

「見たことねえな」

其角は日本堤の若葉を見ながら言った。

「たまたまじゃないでしょうかね」

「そうか？」

「もしかしたら、運悪くお見掛けできなかっただけかもしれませんね」

「なら、次からお前さんたちを見かけたら、乗るようにしよう」

「ありがとうございます」

先棒が和《なご》やかに礼を言う。

それから、よもやま話をしているうちに、駕籠は新鳥越町に差し掛かった。普段であれば真っすぐ行くはずの道を、「ちょっと、近道があるんです。狭いんですが、通らせてもらいます」と、駕籠かきが細い道に入った。

其角は通ったことのない道に、

「こんなところ大丈夫か」

と、口にした。

「ええ、ご心配なさらず」

先棒が答える。

それから、駕籠は細い道を進み、空き地に入った。

簾の間から外を覗くと、木立から鳥が数羽飛び立った。木の陰から背の高い頭巾をかぶった浪人が出てきた。

「追剝《おいはぎ》です」

先棒が慌てたように言うと、駕籠を地面に置き、後棒と共にすかさず逃げて行った。

浪人は刀を鞘から抜いた。

其角は危ないと思い、急いで駕籠を飛び出した。

次の瞬間、刀が駕籠を突き刺す。

「ん？」

浪人が顔を顰め、こっちを見て来る。

頭巾だが、目元が荒川に似ていた。

「荒川か！」

其角は叫んだ。

すると、浪人は何も言わずに其角に向かって斬りかかってきた。

其角は咄嗟に右に飛び退いた。

浪人が体勢を立て直し、再び其角を襲ってきた。

其角はそれも避けた。

其角の背後には塀があり、逃げることが出来ない。

次に相手が斬りかかって来た時に、正面突破するしかないと思った。

「えい」

浪人が刀を振り上げる。

その時、浪人の背後から勢いよく足音がすると、浪人が振り返った。

其角はその隙に相手に飛び込み、腕を掴んだ。

「くっ、放せ」

浪人は野太い声で言ったが、直後には、膝から崩れ落ちた。

二郎兵衛が浪人の膝裏を蹴ったようだ。

「どうしてお前が」

其角は荒川から刀を引きはがしながら言った。

「先生が心配だったから尾《つ》けて来たんです。そしたら、案の定」

二郎兵衛が答える。

と、同時に、頭巾を脱がせた。

必死にもがく荒川の顔が見えた。

二郎兵衛は腰元から縄を取りだし、浪人の手首を括った。

「直《じき》に七太郎親分が来ます。荒川さま、観念してください」

二郎兵衛がきつい表情で荒川に言い放つ。

荒川は観念したように頭を垂らした。

雲間から月の光が差し込んで、其角の周りを照らしていた。

第三章　消えた亡骸

一

七太郎は荒川平八を縛った縄尻をとって、近くの自身番に向かった。其角と二郎兵衛はついていく。今度こそ、同心の巣鴨も荒川をかばい立て出来まい。巣鴨がどんな顔をするか見物だと其角は喉《のど》の奥でくっくと声を押し殺して笑った。

「先生、何か」

二郎兵衛は其角の顔を覗いた。

「何がだ？」

「今、笑いました」

「笑っちゃいねえ」

「いえ、確かに笑いました」

「どうでもいいではないか」

「でも、笑いました」

「なんでそんなにしつこくきく？」

「先生が何かいたずらを考えたときの笑い方に似ていましたので」

「わしは笑っちゃいねえ」

「わかりました。そういうことにしておきます」

二郎兵衛は溜め息混じりに言う。

自身番の玉砂利を踏み、七太郎は店番の家主に声をかける。

「奥を借りるぜ」

七太郎は荒川を家主たちが詰めている部屋の奥の三畳の板敷きの間に連れ込んだ。

其角も二郎兵衛を外に待たせ、自身番に上がろうとした。

「先生は外で」

七太郎が言う。

「なに言いやがる。わしの問題でもあるんだ。それに、巣鴨がどこまで調べるか見届けるのよ」

其角は強引に座敷に上がった。

七太郎は諦めたように苦笑し、

「誰か、巣鴨の旦那を呼んできてくれねえか」

と、町役人に頼んだ。

其角は後ろ手に縛られて座っている荒川の前に胡座をかいた。

「もう言い逃れは出来ねえ」

「……」

荒川は口元を歪《ゆが》め、其角を睨みつけた。

「きいても答えそうもないな」

「巣鴨の旦那がきてからにしましょう」

七太郎が言う。

「わしは巣鴨が信用出来ねえ」

其角はもう一度荒川の顔を見つめ、

「おまえさんは巣鴨の弱みを握っているんじゃねえのか」

「……」

「だんまりか」

其角は舌打ちして、

「酒をもらえねえか」

と、口にする。

「先生、無茶言っては困ります。ここは自身番です」

「巣鴨が来るまで間が持たない」

其角は煙草入れを取り出した。

「先生、煙草も」

七太郎があわてて止める。

「いいじゃねえか。ちょっと煙草盆を借りてきてくれ」

「叱られます」

「誰にだ？」

「自身番の者にも、巣鴨の旦那にも」

「仕方ねえ。じゃあ、この男と話そう」

そう言い、其角は荒川平八の顔を見つめた。

「あの大八車の亡骸《なきがら》は石橋宗心だな」

「……」

「答えたくなければ答えなくていい。ただ、これから言うことで違っていたら違うって言うんだ。言わなければ事実だと思う、いいか」

「ふざけるな」

荒川は吐き捨てた。

「ほう、やっと口をきいてくれたな。その調子だ」

其角は語りだした。

「揚屋を出た宗心に近づいた男がいた。入谷の仁徳寺の山門に行くように伝えた。誰かが待っているとでも言ったのだろう。宗心はそのとおり、駕籠で仁徳寺の山門まで行った。そこで、おまえさんは宗心を斬り、亡骸を大八車に載せてどこかに運ぼうとした。しかし、亡骸を運んだのは翌朝だ。なぜ、夜のうちに運ばなかったんだ？」

「……」

「翌朝、亡骸を大八車で運ぶ途中、わしの乗った駕籠とすれ違った。そのとき駕籠かきが亡骸に気づいた。それで、その駕籠かきを斬りやがった」

「勝手に決め付けるな」

荒川は顔を歪めた。

「言い逃れは出来ねえ。わしが見ていたんだ」

「知らぬ」

「しぶとい野郎だ」

其角は荒川を睨みつけ、

「宗心の亡骸をどこに隠した？」

「そんなもの知らぬ」

「なぜ、宗心を殺した？」

「……」

さらに問いかけようとしたとき、いきなり障子が開いた。

「あっ、旦那」

七太郎が声を出す。

巣鴨三十郎だった。

「何があったのだ？」

つり上がった目をさらにつり上げ、巣鴨が入ってきてきく。

「この浪人が其角先生を待ち伏せて殺そうとしたそうです」

「誤解だ」

荒川が訴える。

「何が誤解だ。待ち伏せていたくせしやがって」

其角は思わず大声を張り上げた。

「あとは我らに任せてもらおう。大番屋《おおばんや》で取り調べる」

巣鴨が険しい顔で言う。

「またすぐに疑いがないといって解き放すつもりではないか」

其角は巣鴨を信じていない。何か弱みを握られているのか、荒川には強く出られないようなのだ。

「そんな真似はせぬ。よし、連れていけ」

巣鴨は七太郎に言った。

七太郎が荒川を連れ出したあと、其角も自身番を出た。

巣鴨の一行は新堀川《しんぼりがわ》沿いを蔵前《くらまえ》のほうに向かった。そのあとをつけながら、二郎兵衛が言う。

「先生、もうひとりで勝手に出歩かないでくださいな。案の定、襲われました」

「あの男にならら負けぬ。おまえが現われなくてもわしひとりで捕まえられた」

其角は強がりを言う。

「業平にまだ顔を出していないようですね」

「また、おりくが何か言ってきたのか。あの者の言うことは気にせずともよい。わしのことは口実で、おまえに会いにくるんだ」

「そんなことはありませんよ」

「むきになるな」

「むきになってなんかいません」

二郎兵衛は怒ったように言う。

「荒川が捕まったんだ。もう、襲われる心配はない。これから、吉原に行ってくる」

其角は足を止めた。

「またですか」

「遊びじゃない。『鶴見屋』だ。宗心は殺されているんだ。だったら、初花が宗心といっしょということは考えられぬ。そうだろう?」

「そうかもしれませんが、なぜ先生がそこまでするのですか」

「初花がどうなったのか、気にならぬか」

「いえ、別に」

「おまえは冷たい奴だ」

「だって、どうせ間夫といっしょに逃げたんでしょう」

「いや、どうも変なのだ。初花がほんとうに吉原を出たのか。『鶴見屋』の主人がほんとうに追手を出したのか」

「……」

「ともかく、吉原に行く」

其角は踵を返した。

「先生」

二郎兵衛が呼び止める。

「もう夜も遅いですから明日にしてください」

「……」

言い返そうとしたが、其角はため息をついた。

「わかった」

其角は仕方なく二郎兵衛と帰路についた。

翌日、浅草田圃を抜け、吉原の脇を通って日本堤に出る。すぐに見返り柳が見えてきて、その手前にある衣紋坂を下った。

すでに昼見世がはじまっており、たくさんの遊客が大門をくぐっていく。

二郎兵衛はきょろきょろしている。

「田舎者みたいだぞ」

其角が注意をする。

「はい」

『鶴見屋』にやってきた。

其角は戸口にいた若い衆に主人に会いたいと告げた。若い衆はすぐに土間に入っていき、しばらくして出てきた。

「どうぞ」

其角は二郎兵衛を伴い土間に入った。

内証《ないしょう》で、主人と女将が揃っていた。

「其角先生。なんですね、こんなところに」

女将がきいた。

「ちょっと確かめたいことがあってな、いいかえ」

二郎兵衛をその場に待たせ、其角は内証に入った。

「初花のことですかえ」

主人が顔をしかめてきいた。

「そうだ」

女将も表情を曇らせた。

「初花は石橋宗心といっしょに逃げたという噂があったな」

「ええ」

主人は眉根を寄せた。

「その後、どうなんだ？」

「見つかりません」

「見つからないんじゃなくて、見つけようとしないんじゃないか」

「どうしてそう思われるのですか」

主人は言い返す。

「追手を差し向けて捜している様子がないからな」

「そんなことありません」

「じつはな、石橋宗心は殺されているんだ」

「えっ」

「まだ亡骸は見つかってないが、まず死んでいるとみて間違いない」

其角はふたりの顔を交互に見て、

「だから、宗心と逃げたってことはありえねえ」

「では、間夫でしょう」

「間夫だと？　初花に間夫がいたのか」

「はい」

「誰だ？」

「音松《おとまつ》という大工です」

「どこに住んでいるのだ？」

「さあ、そこまではわかりません」

「当然、音松も調べたのだろうな」

「ええ、まあ」

「どうだったのだ？」

「それは……」

「はっきりしねえな」

其角は顔を顰め、

「何か隠していなさるね」

と、鋭くきいた。

「……」

「ほんとうのことを言ってくれねえか。決して他人には話さねえから」

主人と女将は顔を見合わせた。しかし、口を開こうとしない。

「ちっ、じゃあ、わしが言おう」

其角は鋭く言い、

「ひょっとして、初花は自害したんじゃねえのか」

「……」

主人は顔をひきつらせた。

「そうだな」

其角は確かめる。

「はい」

主人は認めた。

「じつはさっき話した音松が普請中の屋根から落ちて死んだんです。その知らせを受けてから初花はずっと塞ぎ込んでいて」

主人の話を女将が引き取った。

「客からも苦情があって初花を激しく叱ったんです。そしたら、その夜、庭の松の枝に帯をかけて首を……」

「そうだったのか。まだ若いのに」

其角は胸が痛んだ。

「年季明けに音松と夫婦になる約束をしていたそうです。まだまだ、先の話ですが」

女将はしんみり言う。

「亡骸は？」

「その夜のうちに浄閑寺《じょうかんじ》に運びました」

死亡した遊女は菰《こも》に包まれ、投込み寺と呼ばれる三ノ輪《みのわ》の浄閑寺の墓地の穴に投げ込まれるのだ。

「どうして、逃げたと嘘をついたんだ？」

「自害したことを隠したかったことは確かですが、面番所に詰めている常吉《つねきち》親分から、初花は逃亡したことにしたらどうだと言われたのです」

大門の横にある面番所には隠密《おんみつ》廻り同心や岡っ引きが交替で常駐し、お尋ね者や不審人物が出入りをしていないか、見張っている。

「常吉親分が浄閑寺に連れていかれた初花の亡骸を見ていたんです。それで、夕方になって、やって来て、そう言ったんです。その頃、石橋宗心さまの行方がわからなくなっていたんです」

「常吉親分はなぜそんなことを……」

「さあ」

「よし、常吉親分にきいてみよう」

其角は礼を言って『鶴見屋』を出た。

大門脇の面番所に行くと、座敷の上がり口に腰を下ろして、小肥りの常吉が煙草をくゆらせていた。

「親分、ちときききたい？」

「これは其角先生、なんですね」

煙管を持ったまま、常吉はきいた。

「『鶴見屋』の初花のことだ」

「……」

常吉は顔色を変えた。

「初花が石橋宗心といっしょに逃げたことにしろと、『鶴見屋』に言ったそうだな」

「ええ、まあ」

「なぜだ？」

「自害したって知って、初花が可哀想になりましてね。それで、石橋宗心がいなくなっているので、初花は宗心といっしょだったことにしたらどうだと」

「可哀想だから？」

「『鶴見屋』にしたって、自分のところで抱えている遊女に自害されたと知れると困るだろうし」

「しかし、女に逃げられたら、追手を差し向けて徹底的に捜すはずだ。それでも見つからなかったとなれば他の遊女にも示しがつかないではないか。うまく脱走出来ると知ったら、真似て脱走を図ろうとする女が出てくるかもしれない」

「じつは、初花が宗心といっしょに逃げたというのは外に対してでして、吉原の者にはおいおい真実を話すことにしていたんです。今は、吉原の者はみんなほんとのことを知っています」

「なんで、そんなまどろっこしい真似をしたんだ？」

「ですから、初花が哀れに思えたからですよ」

「どうも納得いかねえな」

其角は顔をしかめ、

「これは親分が言い出したことかえ。誰かに指示されたわけではないのか」

「あっしの裁量でさ。其角先生こそ、どうして初花のことを気になさるんですね」

「初花ではない。石橋宗心だ」

「石橋宗心？」

「宗心は殺されている」

「まさか」

「下手人の荒川平八を捕まえた。今頃、巣鴨の旦那の取り調べを受けているはずだ。邪魔した」

其角は面番所を出た。

吉原をあとにして、其角と二郎兵衛は三ノ輪に向かった。

ほどなく、浄閑寺にやってきた。山門を入り、墓地のほうに向かう。すでに、初花は土の中で、痕跡はない。

遊女は死ねば、虫けらのように捨てられる。哀れでならなかった。其角は遊女たちの供養塔に手を合わせた。

二

其角は大番屋に向かった。

中から戸が開いて、七太郎が出てきた。

「あっ、先生」

「どうだ？」

「荒川は何も喋りません」

「巣鴨はちゃんと取り調べているのか」

「と、思いますが」

七太郎は曖昧に答える。

「やっぱり、何もしてねえな」

「そんなことはないと思いますが」

「それより、どこに行くんだ？」

「じつは、旦那が取り調べはいいからと」

「取り調べから外されたか」

「ええ、まあ」

「よし」

其角が大番屋に入ろうとすると、七太郎が其角の腕を摑んで、

「先生」

と、引き止めた。

「また、言い合いはやめてください。あとで、どんないやがらせをされるか……」

「心配ない」

其角は戸を開けた。

巣鴨は板敷きの間に腰を下ろして、煙草を吸っていた。荒川平八は奥の仮牢に入っていた。

「なんだ？」

煙管を口から離し、巣鴨が顔を顰めてきいた。

「わしは荒川平八に襲われたのだ。わしからも事情をきく必要があるはずだ」

「まだだ」

「まだ？」

「荒川の言い分を先に聞いてからだ」

「なぜ、取り調べをせぬ」

「休憩だ」

「なんだと。やる気あるのか」

其角は思わず非難した。

「我らのやり方に口を出すな」

巣鴨は灰吹《はいふき》に煙管の雁首《がんくび》を叩いた。激しい音が響いた。

「いいか。わしを殺そうとしたことだけでなく、宗心殺しや、駕籠かき殺しも問い詰めるのだ」

其角は大声で訴えた。

大柄な小者が其角の前に立ち、

「どうぞ、お引き取りを。あとで、改めて来ていただきますので」

と、追い返そうとした。

「おまえさん、名は？」

其角はきいた。

「由蔵《よしぞう》です」

「由蔵か。いいか、荒川平八をちゃんと見張っておけ。いいな」

「へい」

「また来る」

其角は外に出た。

「話にならねえ」

其角は待っていた七太郎に吐き捨てるように言う。

「このままじゃ、おざなりな取り調べに終わってしまいかねない」

「しかし、先生を襲ったことは間違いないのですから、簡単には解き放ちは出来ないと思いますよ」

「そうだといいが」

大番屋を離れながら、

「荒川と宗心の繋がりはどうだ？」

と、其角は確かめた。

「見つかりません。浪人と茶坊主ですから繋がりがあるようには思えませんが」

「そうだな」

其角は呟いてから、

「それより、宗心の亡骸だ。いったい、どこに埋められたか」

と、口にする。

「ええ、鏡が池の近くは捜したんですが」

「それと妙なことがある」

「なんですか」

「宗心は吉原の帰りに、駕籠で仁徳寺まで行っている。そこに荒川平八と南郷伴三郎が待ち構えていて、荒川が宗心を斬り殺したのだろう。だが、宗心の亡骸を大八車に載せて、鏡が池のほうに運んだのは翌朝だ。なぜ、夜のうちに運ばなかったのか」

「そうですね。夜運べない何かがあったんですね。もう一度、あの辺りに聞込みをかけてみます」

「そうだ。南郷はどうしている?」

「特に変わった動きはありません。荒川平八ともつるんでいる様子はないです」

「あの男は不思議だ」

大八車の亡骸のことを問い詰めたとき、荒川平八が斬りつけてきた。其角が攻撃をなんとかかわしていると、業を煮やした荒川平八が南郷を促した。

それで、南郷は刀を抜いたのだ。南郷の素早い太刀捌きに其角は太刀打ち出来なかった。あれほどの腕があれば、其角を斬ることは可能だったはずだ。だが、南郷はわざと外し、其角を逃がすようにした。

そうだ、今考えれば、南郷ははじめから其角を斬る気はなかったのだ。荒川の手前、襲いかかっただけだ。

「じゃあ、あっしはさっそく入谷に行ってみます」

「頼んだ」

七太郎と別れ、其角は江戸座に戻った。

その夜、其角は部屋で徳利を抱えながら句作に耽《ふけ》っていたが、ふいに宗心や荒川平八の顔が浮かんできて邪魔をする。

湯吞みに酒を注ぎ、呷《あお》る。荒川平八の取り調べが気になる。巣鴨は本気で取り調べをしまい。

ただ、肝心の宗心の亡骸が見つからないことが不思議だ。埋めたのなら、どこかに痕跡があるはずだ。

あの辺りは寺が多い。寺の敷地内に埋めたとしたら寺男や僧侶などが異変に気づくのではないか。

まさか、墓地に……。

吉原の初花が投げ込まれた浄閑寺の墓を思いだした。

「先生」

二郎兵衛が襖の外で声をかけた。

「七太郎親分がみえました」

「客間に通せ」

「はい」

また湯呑みに酒を注ぎ、いっきに呑み干して腰を上げた。

客間で、七太郎が待っていた。

「先生、三月二十四日の夜、入谷の呑み屋で、浪人三人が呑んでいたことがわかりました。仁徳寺からそれほど遠くありません」

「どんな浪人かわかるのか」

「亭主はよく覚えていました。無精髭を生やした背の高い男と眉が太く目鼻だちがはっきりした男、そして小柄でがっしりした体つきの男だったそうです」

七太郎は興奮して喋った。

「最初のふたりは荒川平八と南郷だ」

「ええ。間違いありません」

「もうひとりの男が何者なのかまだわからないのだな」

「はい。ですが、おそらく道場の仲間ではないかと思います」

「うむ」

其角は頷き、

「荒川と南郷は宗心を斬ったあと、大八車に積んで運ぼうとして、もうひとりの男と出くわしたのだ。だから、その夜は亡骸を運べなかったのだろう」

「明日、道場へ行き、小柄でがっしりした体つきの男の男を探します」

「うむ。わしは、もう一度、鏡が池に行ってみる。池の近くの寺だ」

「寺に埋められたってことですか」

「そうだ。墓地だったら掘り返される恐れはない」

「そうですね。わかりました。あっしは道場を調べてからごいっしょします」

「わかった」

「では、先生、夜分に」

「うむ」

七太郎は引き上げた。

其角は自分の部屋に戻り、二郎兵衛を呼んだ。

「酒だ」

其角は徳利を振って言う。

「それから、酒の相手をしろ」

「わかりました」

二郎兵衛は台所に行き、新しい徳利と自分の湯呑みを持ってきた。

「先生、句作が捗《はかど》っていないようではありませんか」

二郎兵衛は湯呑みに酒を注ぎながらきく。

「うむ」

「妙な事件に深入りしているからですよ」

「わしに多少なりとも関わりがあるんだ。それに、どうも奉行所《ぶぎょうしょ》が熱心じゃねえ。何かおかしい」

「それより、先生、業平に顔を出しましょうよ。おかみさんも待っていますよ」

「待ってなんかいるものか。それより、ひとの前でそんな話をするな。わしは独り身で通っているのだからな」

「女のひとに対してでしょう」

「何を言うか」

其角はたしなめ、

「そうだ。おまえ、行ってこい」

と、勧めた。

「私が行ってもだめですよ」

「おりくがいる」

「……」

「どうした、おめえも満更ではないようだな」

「先生、おりくの話ではありません。おかみさんは咳が止まらず……」

「二郎兵衛」

其角は二郎兵衛の言葉を制し、

「言っておくが、わしはあの女と所帯を持ったつもりはないのだ」

と、言い切った。

「そんな冷たい」

「いや、他に行くところがないからと言って押しかけてきたからいっしょに住んでいただけだ。そしたら、いつの間にか、女房気取りで」

「あっしがおかみさんから聞いた話はだいぶ違いますよ」

「なに」

「おまえを一生大事にするから、わしの女房になってくれと」

「ば、ばかな」

其角はあわてた。

「でも、人前ではおかみさんは女中として振る舞っていたと」

「あいつ、そんなことを言っているのか」

「先生、たまには顔を出してあげてくださいな」

二郎兵衛はしつこい。

「赤穂へ行った不破どのはどうしているのだろうな」

其角は強引に話題を変えた。

「あのときの不破どのは今生の別れのような言い方をしておった」

「赤穂の方々はどうなさるのでしょうか」

「浅野家は断絶したのだ。城は明け渡し、赤穂の面々は浪人になる。しかし、家老の大石内蔵助《くらのすけ》どのがどう出るか」

其角は目を細め、行ったことのない赤穂に思いを馳せた。

「先生、赤穂ではありません。業平ですよ」

「しつこい」

「先生がわからず屋だからですよ」

「そのうちにな」

「そのうちって……」

二郎兵衛は深く溜め息をついた。

其角には内弟子になりたがる者は多いが、内弟子はとらない。二郎兵衛だけだ。二郎兵衛は喜怒哀楽が激しく気難しいと他人から見なされている其角に対しても、臆することなくずけずけ言ってくる。

拍子木《ひょうしぎ》の音が聞こえた。木戸番屋の番太郎が四つ（午後十時）の夜回りをしている。

「先生、そろそろおやすみになりませんと」

「もう少し呑んでからだ」

「だめです。お体に障《さわ》ります」

「ちっ、仕方ない」

其角は立ち上がった。

厠に行き、寝間に入る。ふとんが敷いてあり、有明《ありあけ》行灯が点っていた。

「では、先生、おやすみなさい」

二郎兵衛が襖を閉めて去って行った。

ふとんに入ってから大番屋の荒川平八のことが気になった。巣鴨の馴れ合いの取り調べはどうなったか。

そんなことを考えているうちに眠気を催してきた。

遠くで呼ぶ声がしている。

「先生、先生」

其角は薄目を開けた。窓の外は暗い。

「二郎兵衛か」

「七太郎親分の使いが来ています」

「なに、こんな夜中にか」

其角はがばっと起き上がった。

「もうそろそろ夜が明けます」

「そうか」

其角は戸口に行った。

七太郎の手下が土間に立っていた。

「其角先生。昨夜、荒川平八が大番屋から逃げました」

「なんだと」

巣鴨が逃がしたのだと、其角は憤然とした。

「親分は大番屋におります」

そう言い、手下は引き上げた。

其角はすぐに着替えに戻った。

三

本材木町三丁目と四丁目の間にある大番屋に駆けつけると、七太郎が待っていた。

「荒川が逃げたってほんとうか」

其角は奥の仮牢に行った。荒川の姿はなかった。

「いったい、どういうわけなんだ？」

「昨夜の真夜中、荒川平八が急に呻《うめ》きだしたので、番人が仮牢の扉を開けて入ったところ、いきなり番人を突き飛ばして牢を出て、立ちふさがった小者を倒して大番屋から飛び出したってことです」

「ばかな。そんなことで逃げだせるものか。番人だって何人もいただろうに」

「それが油断していたそうで」

「そのとき、巣鴨は？」

「大番屋にはいませんでした」

「ひょっとして立ちふさがった小者というのは由蔵ではないのか」

其角は大柄な小者を思いだした。

「そうです。由蔵です」

「やはりな」

其角は呆れたように顔をしかめ、

「まさか、こういう形で始末するとは思わなかった。巣鴨にやられたな」

「先生は巣鴨の旦那がわざと逃がしたって言うんですかえ」

七太郎が真顔できいた。

「そうとしか考えられねえ。あの同心は最初から荒川を取り調べようなんて気はなかったのだ」

其角は忌ま忌ましげに言う。

「巣鴨はどこにいるんだ？」

「荒川を追っています」

「形だけだ」

其角は吐き捨てた。

「南郷を問い詰めてみる」

其角は大番屋をあとにする。

「あっしも行きます」

七太郎がついてきた。

五つ（午前八時）前に、南郷の住む長屋に着いた。

仕事に行く男たちが長屋木戸を出て行く。

南郷の住まいの前に立ち、其角が腰高障子《こしだかしょうじ》を開けた。

「ごめん」

南郷はふとんに横たわっていた。

「何か」

南郷は起き上がって顔を向けた。

「荒川平八がどこに行ったかわかるか」

其角はいきなりきいた。

「知らぬ。荒川どのとは最近会っていない」

「道場でも？」

「だいぶ前から道場には来ていない」

「荒川がきのう捕まったことを知らなかったかえ」

「捕まった？　そんなはずはない」

「どうしてそう思うんだね。荒川は捕まりっこないと考えていたのかえ。じつは、荒川はわしを襲ったのだ。それで捕まえた」

「其角どのを襲ったのか」

南郷は顔色を変えた。

「そうだ。それで、巣鴨に突き出した。ところがどうだ、昨夜の夜中、荒川は大番屋から逃げだしたそうだ」

「……」

「逃げた場所に心当たりはないか」

「いや」

南郷は首を横に振った。

「そうか。ついでにきくが、宗心の亡骸はどこに隠したんだ？」

「知らぬ」

「入谷の仁徳寺の山門に誘《おび》き寄《よ》せた宗心を荒川平八が斬ったってことはわかっているのだ。なぜ、おまえさんが荒川の仲間になって宗心殺しに加わったのか、わからん」

「……」

「必ず、宗心を見つけ出す。邪魔をした」

其角は長屋を出た。

「ここまで来たのだ。鏡が池の近くにある寺を探ってみる」

「あっしも」

「いや、親分は荒川と南郷といっしょにいた侍を探してくれ」

「わかりました」

七太郎と別れ、其角は鏡が池に向かった。

どこぞの寺に宗心を埋め、帰りに大八車を鏡が池に棄《す》てたのだろう。それほど、鏡が池から遠くはない寺だ。

鏡が池から先に進む。しばらく行くと、大きな寺があった。其角は山門をくぐり、寺男を見つけて声をかけた。

「墓地が荒らされた形跡はないか」

「荒らされた？　いえ、ありません」

「墓地におかしなことはなかったか」

「おかしなことってなんですね」

「余計な死体が埋められていたらわかるか」

「そりゃ、わかります。毎朝夕、墓地を掃除していますからね」

「そうか」

念のために其角は墓地の周辺を歩きまわった。特に変わったことはないように思えた。

その寺を出て、もう少し先にある頂法寺《ちょうほうじ》という寺に向かった。

さっきの寺よりは小さいが、かなり古そうな寺だった。

其角は山門をくぐり、境内に足を踏み入れた。箒《ほうき》を持って歩いてきた寺男に声をかけ、さっきと同じことをきいた。

やはり、墓が荒らされたことはないという返事だった。念のために、墓地のほうに行ってみる。

土饅頭《どまんじゅう》が幾つか出来ていた。その中に、三月二十四日と書かれた墓標があった。

「この墓は？」

「山谷《さんや》の紙漉《かみす》き職人の家の婆さんが眠っています」

「婆さんか」

「ええ、結構長生きなさったようで」

「そうか。大往生だな」

「ええ、体が小さいのに棺桶は重かったのを覚えています」

「なに、棺桶が重かった？」

「ええ」

其角はその土饅頭をじっと見つめた。

あの下に、宗心がいる。其角はそう思ったが、確たる証がない限り、墓を掘り返すことは難しい。

それに、余所者《よそもの》が勝手に他人の棺桶に宗心の亡骸を入れるのは難しいだろう。住職らが心得ていなければ無理だ。

「何かあったんですかえ」

寺男がきいた。

「いや、なんでもない」

其角はなんでもないように引き上げた。

橋場《はしば》から茅場町の江戸座に帰ってきた。

土間にすり切れた草履《ぞうり》があった。上物だが、ずいぶん履きふるしている。二郎兵衛が迎えに出てこないことからも誰が来ているかわかった。

其角は庭に面した客間に行った。襖を開けると、二郎兵衛が俳諧師の水間沾徳と話し込んでいた。

「あっ、先生」

二郎兵衛はあわてて、

「すみません。お出迎えもせず」

「いや、俺が話に付き合わせてしまったんだ」

沾徳が二郎兵衛を庇うように言う。

沾徳は俳諧宗匠で、昔から松尾芭蕉と親交を深め、其角とも親しく、今は其角と共に江戸俳諧の中心にいる人物である。

其角より一歳年下だが、すべてを見通しているような細長い目に、ゆったりとした話し方で、一回りも年上に見える。

芭蕉からもらったという鶯色の宗匠帽《そうしょうぼう》をかぶって風格があった。

「今日はどうしたんだ？」

其角はきく。

「鉄砲洲稲荷《てっぽうずいなり》の帰りだ」

「そうか。ところで、大高源吾どのから何か言ってきたか」

浅野家家臣の大高源吾は子葉《しよう》という俳号を持っているが、この沾徳の弟子である。

「急遽《きゅうきょ》、赤穂に戻ったきりだ。知らせはない」

「そうか」

「お城明け渡しの準備に忙しく、文を書くどころではないのであろう」

「そうだな」

「先日、紀文に会ったが、其角先生は殺しの探索に夢中で付き合ってもらえないとこぼしていた」

「うむ」

其角は頷き、

「茶坊主の石橋宗心が殺され、亡骸はどこかに埋められた」

其角は事件の概略を語った。

「やっかいなことに首を突っ込んだな」

「首を突っ込んだのではない。わしは当事者だ」

「殺しといえば……」

沾徳が厳しい顔をし、

「鉄砲洲稲荷の裏で、ひとが殺されていたらしい。町方が集まってきていた」

「ひとが？　死んでいたのはどんな人物だ？」

「浪人だそうだ」

「浪人だと」

其角ははっとして立ち上がっていた。

「どうした？」

沾徳が驚いてきく。

「ちょっと行って来る。わしが帰るまで酒でも呑んでてくれ。二郎兵衛、あとを頼んだ」

其角は家を飛び出して行った。

鉄砲洲稲荷までわずかな距離だ。其角は稲荷社の裏にまわった。ひとだかりがしていた。その中に、巣鴨の姿もあった。

大川端には船宿があるが、この辺りは夜は真っ暗だろう。

其角は野次馬をかき分け、前に出た。筵に覆われた亡骸が横たわっていた。

「巣鴨どの」

其角が声をかけると、巣鴨は振り返った。

「荒川平八か」

「そうだ」

巣鴨は厳しい表情で頷いた。

「ちょっと亡骸を見せてくれないか」

「関係ないものはだめだ」

「わしは荒川に命を狙われた当事者だ。亡骸を確かめてもいいはずだ」

「確かめるまでもない。荒川だ」

「別に疑っているわけではない」

「ちょっとだけだぞ」

巣鴨は折れて、其角を亡骸のところまで連れて行った。

其角はしゃがんで合掌してから筵をめくった。土気色の顔はまぎれもなく荒川平八だった。

左肩から袈裟懸けに斬られている。体の硬直や血の乾き具合から、死んで半日以上は経っていそうだ。

荒川の刀が見当たらない。

「刀は？」

「持っていなかった。大番屋から逃げるだけで精一杯だったのだろう。自分の刀を奪う余裕はなかったのだ」

「じゃあ、無腰だったのか」

「そうだ。だから、抵抗できなかったのだ」

「相手が顔見知りだから油断していたのではないか」

「……」

「おまえさんじゃないのか」

其角は巣鴨を睨みつけた。

「ばかなことを言うな。俺は昨夜は上役といっしょだった」

巣鴨は軽く受け流した。

「それより、荒川を逃がしたのは誰だ？」

「勝手に逃げたのだ」

「考えられねえ」

「調べている最中だ」

「由蔵という小者がやったのではないか」

「ありえん。邪魔になるから立ち去ってもらおう」

巣鴨は其角を追いかえした。

「わかった。しっかり調べてくれよ」

其角はその場から離れた。

其角は野次馬に混じってしばらく巣鴨の動きを目で追っていたが、どこか動きが鈍いように感じられた。

ここにいても埒《らち》があかない。其角は諦めて踵を返した。

鉄砲洲稲荷の正面に出たとき、駆けてくる七太郎と出会った。

「あっ、先生」

七太郎が立ち止まった。

「殺されたのは荒川平八だ。昨夜、大番屋から逃げだしたあと、ここにやって来たんだ。誰かとここで落ち合った。その人物がふいをついて斬り殺したのだ」

「いったい誰が？」

「巣鴨かとも思ったが、巣鴨ではないようだ。といっても、自分では直接手を下さず誰かにやらせたのかもしれぬが」

「南郷は？」

「いや、南郷ではない。あの者は違う。それに、荒川が捕まったことに驚いていた。あれは芝居とは思えぬ」

「そうですね。じゃあ、あっしは様子を見てきます」

七太郎は行きかけてから、

「三人目の浪人の名がわかりました。あとで、先生のところにお伺いします」

「待っている」

七太郎と別れ、茅場町の江戸座に戻った。

水間沾徳はすでに引き上げていた。

暮六つ（午後六時）の鐘が鳴り終わったあと、七太郎がやってきた。

客間で向かい合うなり、七太郎が口を開いた。

「荒川平八の死体は銀杏《いちょう》の樹の陰に倒れていたのでなかなか見つからなかったそうです。死体を見つけたのは船宿の船頭で、野良犬がやけに吠えているので行ってみたらひとが死んでいたと」

「巣鴨の様子はどうだ？　また、あやふやに終わりそうではないか」

「ええ、まあ」

七太郎は困惑したように俯く。

「巣鴨を庇いたい気持ちはわかるが、どうみたって巣鴨が絡んでいるぜ」

「……」

「それより、入谷の呑み屋で荒川と南郷といっしょにいた浪人だ。わかったそうだな」

「ええ、同じ道場の門弟で、大野源三郎《おおのげんざぶろう》という浪人です」

「大野源三郎か」

「道場の門弟に、小柄でがっしりした体つきの浪人と言ったら大野源三郎だと口にしました。まだ、本人に確かめたわけではないのですが」

「よし、明日会いに行く」

「案内します」

七太郎は言ってから、

「先生のほうはいかがでしたか。宗心の行方ですが」

ときいた。

「鏡が池の先に、頂法寺という古い寺がある。そこで気になる話を聞いた」

「なんですね」

「山谷の紙漉き職人の家の婆さんが亡くなってお弔いがあったそうだ。その婆さんの棺桶がやけに重かったらしい」

「重い？　まさか、そん中に……」

「考えられる。ただ、それを確かめるには墓を掘り返さなければならない。それは容易なことではない」

「ええ」

「それから、関係ない亡骸を入れるには住職か他の坊主らが手を貸さないと無理だろう」

「そうでしょうね」

「頂法寺と巣鴨の関係を調べてくれぬか。巣鴨家の菩提寺《ぼだいじ》ってことは……」

「いえ、巣鴨家の菩提寺は本郷《ほんごう》です」

「そうか。ともかく、頂法寺の住職について調べてくれ」

「わかりました。では、明日」

七太郎は引き上げた。

「先生、夕餉《ゆうげ》の支度が出来ました」

二郎兵衛が呼びに来た。

「よし」

其角は立ち上がった。しばらく女の肌に触れていないと思ったが、不思議なことに吉原にも足を向ける気がしない。女より宗心殺しにのめり込んでいる自分が不思議でならなかった。

四

翌日の昼前、其角と七太郎は新鳥越町の剣術道場に出向き、武者窓から稽古風景を眺めた。

門弟たちが木刀で稽古をしている。その中に、三十歳ぐらい、小柄でがっしりした体つきの男がいた。門弟たちの稽古を見つめているのが師範代の南郷伴三郎だ。

「あの小柄な侍が大野源三郎です」

しばらくして、大野が稽古を終えた。

「もう引き上げるようですぜ」

「よし、門の前で待とう」

其角と七太郎は門に移動した。

それから四半刻（約三十分）後に、ようやく大野が出てきた。

小柄ながら胸板が厚く、肩が盛り上がっているのがわかる。

「大野さま」

七太郎が声をかけた。

「なんだ、岡っ引きか」

「へい、七太郎と申します」

「岡っ引きに呼び止められる弱みはないが」

別にいやな顔をしている風ではなかった。

「そうじゃありません。ちょっと大野さまにお訊ねしたいことがございまして。あっ、こちら俳諧宗匠の宝井其角さまで」

「其角……」

大野が其角に顔を向けた。

「名は聞いている。そうか、あなたが其角先生か。お会いできて光栄だ。その其角先生が俺に？」

大野は不思議そうな顔をした。

「たいしたことではござらん」

其角は安心させるように言ってから、

「ここでは話が出来ぬ。どこか別の場所に」

ここは日本堤の土手に近く、待乳山聖天《まっちやましょうてん》もある。

「そうだ、西方寺《さいほうじ》がいい」

其角が西方寺を思いついたのは、西方寺が三ノ輪の浄閑寺と同じ投込み寺であり、『三浦屋《みうらや》』の名妓二代目高尾《たかお》太夫の墓があるからだ。

「いいでしょう」

大野は素直についてきた。

西方寺の境内には人気はあまりなかった。

この寺は開基が道哲上人《どうてつしょうにん》であることから、「土手の道哲」とも呼ばれている。

本堂の脇に立ち、其角は口を開いた。

「三月二十四日の夜、入谷の仁徳寺の近くにある呑み屋で、荒川平八どのと南郷伴三郎どのといっしょにいなかったですかな」

「三月二十四日の夜？　いや、日にちは定かではないが、そういうこともあったな」

大野は素直に答えた。

「それは前々からの約束で？」

「いや。偶然にふたりとばったり会ったのだ」

「どこで？」

「仁徳寺の前だ。ふたりが山門から出てきたのだ。俺はその日は師の用事で日が暮れるまで道場にいた。そこからの帰りだった」

「大野さまのお住まいはどちらで」

七太郎がきいた。

「下谷坂本町《さかもとちょう》だ」

「じゃあ、浅草田圃を抜け、入谷を通ってお帰りに」

「そうだ。仁徳寺の前をいつも通る」

「呑みに誘ったのはどちらが？」

今度は其角がきく。

「俺からだ。荒川平八とは久しぶりだったのでな」

「道場では会っていなかったんですかえ」

「荒川平八は半年前に道場を破門になっていた」

「破門？」

「ひと殺しの疑いがかかった。八丁堀の同心が道場にやってきて、師に荒川のことをきいたそうだ。師は荒川を問い詰めた。それ以来、荒川はこなくなった」

「なるほど。半年振りで、再会したので誘ったというわけか」

「うむ。師範代の南郷もいっしょだった」

「荒川平八に再会したとき、何か違和感を覚えなかったかね」

「違和感……」

大野は眉根を寄せた。

「何かあったのか」

其角は迫るようにきく。

「いや、それは……」

「教えてもらいたい」

「うむ」

大野は唸ってから、

「荒川から血の臭いがした」

と、口にした。

「血の臭い？」

「ああ、微かだが」

「そのことを問いただしたりは？」

「いや、特には」

「特には？」

「気になったので、遠回しにきいた。だが、何も答えなかった」

「仁徳寺で、荒川どのと南郷どのは何をしていたのだろうか」

「荒川が言うには、南郷から師に詫びを入れて道場に戻らないかと勧められていたということだった」

「そのことを素直に信じたのか」

「いや、言い訳のような気がした」

「仁徳寺の近くで、大八車を見なかったかね」

「大八車？　いや」

「近くで百姓風のふたりの男に気がつかなかったか」

「そういえば、そんな男がふたりいたようだ」

大野は答えてから、

「いったい、何を？」

と、逆にきいた。

「いや、なんでもない」

其角は否定して、

「三人でそのまま呑み屋に行ったのか」

「そうだ。ただ、呑み屋に入ったとたん、荒川が忘れ物をしたからと言って出て行った。すぐに帰ってきたが」

「荒川が出て行った？　なるほど」

大八車を曳く百姓風の男に、翌未明に運ぶことにするから死体をどこかに隠しておくように命じたのではないか。

「師範代の南郷は荒川とは親しいのか」

其角はなおもきいた。

「いや。ふたりは気性が正反対だ。ふたりは相性が合わないと思っていただけにいっしょにいるのが不思議だった」

「なぜ、南郷は荒川に付き合ったのだと思うね」

「金かもしれぬ」

「金？」

「南郷は金を欲していた。荒川が儲け話を南郷に持ち掛けたのかもしれない。いや、きっとそうだ。そうでなければ、南郷が荒川といっしょにいるはずはない」

「儲け話か。いったい、南郷はなぜそんなに金がいるのだろう」

「女だ」

大野は口元を歪めた。

「吉原に大事な女がいるらしい」

「そうか」

「大野さま」

七太郎が口を入れた。

「南郷さんは吉原の女に入れ揚げているという噂があるようです」

「吉原の女か。そうかもしれないな。堅物に見えるが、男なんてわからないものだ」

大野は苦笑し、

「何を調べているのかわからんが、どうせこれから荒川に会いに行くのだろう。荒川に会ったら、俺からも師に詫びを入れて道場に戻ってこいと……」

「大野さま。まだ、ご存じないのですね」

「何がだ？」

「荒川平八は一昨夜遅く、鉄砲洲稲荷の裏手で何者かに斬られて果てました」

「なんだと、荒川平八が……」

大野は目を剝《む》いた。

「誰が荒川を？」

「下手人はわかっていません」

七太郎は言い、

「じつは荒川は三月二十四日の夜、仁徳寺でひとを殺した疑いがあるんです。大野さんが血の臭いがしたというのはひとを斬った直後だったからです」

「やはり、そうか」

「やはりとは？」

「血の臭いがしたとき、ひとを斬ったのではないかと思った。だが、南郷もいっしよだったから、そんなことはありえないと」

驚いている大野を残し、其角と七太郎は西方寺をあとにした。

それから、ふたりは山谷堀を越え、鏡が池からさらに先に進み、頂法寺に着いた。

其角は墓地に入り、ある土饅頭の前にやってきた。

「ここだ」

其角は白木の墓標を指差す。

三月二十四日没、俗名おきんとある。

「この土の下に宗心がいる」

「しかし、棺桶が重かったという理由だけでは、墓を掘り返せません。もっとはっきりした証がなければ」

そこに足音がした。振り返ると、寺男が近づいてきた。

「まだこのホトケさんに何か」

寺男が不安そうな顔できいた。

「棺桶が重かったって話が気になってな」

其角が答える。

「いえ。あれはあっしの勘違いでした」

「なに、勘違い？」

「すみません」

寺男は頭を下げた。

「おいおい、おまえさんが言い出したんだ」

「へえ、面目ありません」

寺男は俯いた。

「おまえさん。誰かに何か言われたな」

「いえ」

「嘘つくな。たった一日でころっと変わるなんておかしいじゃねえか」

「思いだしたんですよ」

「ひょっとして俺のこと、住職に話したな？」

「とんでもない」

寺男はあわてた。

「おまえさん。はっきり言うんだ」

七太郎が顔を寺男の前に突き出した。

「住職に話したのかどうかだけ答えるんだ」

「話しました」

「そうか。そうしたら住職によけいなことを言うなと叱られたのだな」

其角は推し量って言う。

「……」

「そういうことか」

答えないことが答えになっていた。

「わかった。気にしなくていいぜ」

其角は寺男に言う。

「へえ」

其角と七太郎は墓地を離れた。

墓地を出て本堂の脇から山門に向かう。ふと、本堂のほうから射るような視線を感じ、其角は振り向いた。

住職らしい僧侶がじっとこっちを見ていた。

「やはり、怪しいな」

其角は不快そうに眉根を寄せた。

「墓を確かめるのは無理ですね」

七太郎が悔しそうに言う。

「大八車を曳いていた百姓風のふたりだ。あのふたりは荒川から雇われたのだろう。見つけ出せれば、荒川がいなくなった今、どこに運んだか答えてくれるかもしれぬ」

「しかし、どうやって探し出すんです？」

「わしを荒川が待ち伏せているところまで運んだ駕籠かきの顔は見ればわかる。おそらく大八車のふたりと同じだ」

「しかし、探すといっても、先生しか顔を知らないんじゃ……」

「荒川はどうやってそのふたりを探し出したのか」

其角はふいに思いついた。

「親分、伝五郎だ」

「伝五郎？」

「奴は荒川とつるんでいたが、どういうわけか今回のことに関わっていない。ともかく、伝五郎のところに案内してくれ」

「へい」

其角の考えに気づいたのか、七太郎は大きく頷いた。

五軒長屋のとば口の家の腰高障子を開けて、其角と七太郎は土間に足を踏み入れた。煙草や手拭いなどが散らかった畳の上で、楊枝をくわえながら寝そべっていた男が起き上がった。三十歳ぐらいの恰幅のよい男だ。

上がり框《かまち》まで出てきて片膝をついて座り、

「親分。この間の件はもう片がついたはずですぜ」

七太郎のかみさんがやっている呑み屋で暴れた件だ。

「いや、そのことじゃねえ」

其角は伝五郎を睨みつけるように言う。

「おまえさん、荒川平八とは親しかったな」

「別に親しいってほどでもねえ」

「ふたりでつるんでいろんな悪さをしていたではないか」

「人聞きの悪いことを言わないでくださいな」

伝五郎は不敵に笑った。

「いつも荒川とつるんでいるのに、どうして今回の宗心殺しには加担しなかったんだ？」

「ちょっと待ってくれ。宗心殺しってなんでえ」

「しらっぱくれるな。荒川が茶坊主の宗心を殺したことを知っているはずだ」

「俺はそんなこと知らねえ」

「とぼけてもむだだ。荒川に頼まれて、大八車を曳く男を世話しただろう。ネタは挙がっているんだ」

其角はかまをかけた。

「……」

「どうなんだ？」

「知らねえ」

伝五郎は横を向いた。

「今更、隠すことはあるまい」

「荒川の旦那が白状したって言うんですかえ」

「やっぱり知らないんだな」

其角は口元を歪めた。

「知らないって、何を？」

伝五郎は不安そうにきいた。

「荒川平八は一昨夜、大番屋から逃げ、そのあと鉄砲洲稲荷で殺されていた」

「なんですって」

伝五郎は飛び上がるように驚いた。

「荒川の旦那が殺された？」

「そうだ」

「誰にです？」

「わからねえ。おまえさんは想像がつくんじゃねえのか」

「いや、まったくわからねえ」

「荒川は同心の巣鴨の弱みを何か握っていたか」

「弱み？　そんなのねえ」

「だが、巣鴨は荒川にたいして追及が鈍い。なぜだ？」

「そんなことありませんぜ。ただ、証がないから捕まらなかっただけです」

「しかし、今回の件では明らかに荒川を庇っていた」

「……」

「それより、大八車を曳く男のことだ。もう、荒川はいないんだ。義理立てする必要はない」

其角は諭す。

「世話をしたからって、おめえがお縄になるようなことはない。話すのだ」

七太郎も迫った。

「ええ、世話をしました」

「誰だ？」

「下谷車坂町《くるまざかちょう》の勘兵衛《かんべえ》店に住む欽三《きんぞう》と卓次《たくじ》だ。賭場で知り合った」

「欽三に卓次だな。よく話してくれた」

其角は礼を言ったあとで、

「荒川平八はとんでもないひと殺しだが、死んでしまえばホトケだ。菩提を弔ってやれ」

と、付け加えた。

「わかりやした」

伝五郎は殊勝に頷いた。

其角と七太郎は伝五郎の住まいを出て、下谷車坂町に向かった。

五

下谷車坂町に着いたとき、辺りは暗くなっていた。

長屋木戸を入る。とば口の家から出てきた女に、七太郎が欽三と卓次の住まいをきいた。

一番奥とひとつ手前が欽三と卓次の住まいだった。

まず、欽三の住まいに向かい、七太郎が声をかけて戸を開けた。

「ごめんよ」

だが、部屋は暗かった。

「まだ帰っていないようですね」

七太郎は戸を閉め、隣に行った。

卓次の家の戸を開けたが、やはりこっちも留守だった。

さっきの女が近寄ってきて、

「いませんか。だったら、町内にある『伏見屋《ふしみや》』という呑み屋かもしれませんよ。いつもふたりはそこで呑んでいるそうですから」

「そうか、ありがとうよ」

其角は礼を言う。

ふたりは長屋木戸を出て、『伏見屋』に向かった。

赤い提灯が下がっている。縄暖簾《のれん》をかき分け、其角は戸口に立った。職人や日傭《ひよう》取《と》りらしい客でいっぱいだった。

奥の小上《こあ》がりで、酒を呑んでいる男に見覚えがあった。向かいに座っている男もあのときの駕籠かきだ。

「先生、いましたか」

「いた。奥で呑んでいるふたりだ。間違いない」

「どうしましょうか」

「こんなところで暴れられたら店に迷惑がかかる。引き上げるのを待とう」

「半刻（約一時間）以上はかかるかもしれませんぜ」

「こっちも呑みながら待てばいい」

「客として？」

「そうだ。酒の匂いがたまらん」

其角は舌なめずりをし、空いている席を探した。

「あっ、先生。気づいたようですぜ」

「なに」

目をやると、ふたりはこっちを見ていた。其角と目が合うと、ふたりは落ち着きをなくした。

「どうしますね」

「仕方ない。ふたりのところに行こう」

其角は土間に入り、奥に行く。

ふたりは固まったようにじっとしていた。

「欽三と卓次、捜したぜ」

其角はいきなり口にした。ふたりは体をぴくんとさせた。

「欽三に卓次、ちょっとききたいことがある」

七太郎が脅すように、

「暴れて逃げようたってだめだ。外には捕り方が囲んでいるからな」

「あっしらが何を？」

「おまえの名は？」

「欽三です」

「では、こっちが卓次か」

「親分。あっしらが何を？」

今度は卓次がきいた。

「さっき、わしの顔を見て顔色を変えたな？」

其角は周りの客に気づかれないように小声できいた。ただ、店内は大声や笑い声が飛び交い、話し声を聞かれる心配はなかった。

「どうなんだ？」

其角が確かめる。

「そんなんじゃやねえ」

欽三は顔を顰めた。

「素直に喋りそうもないな」

其角も顔を顰めた。

「ええ。やはり自身番に連れて行きましょう」

「待ってくれ。喋るから」

卓次が訴えるように言う。

「正直に喋るか」

「へえ」

そばに小女が立っていた。

「このふたりの知り合いだ。ここに座るから酒を持ってきてくれ」

「はい」

小女は奥に戻った。

其角と七太郎は上がり口に腰を下ろした。

「わしを知っているな。駕籠かきになりすましてわしを駕籠に乗せたな」

其角は改めてふたりを睨みつけた。

「ただ、頼まれただけです」

欽三が答える。

「誰にだ？」

「荒川平八って浪人です」

「金でか」

「へえ」

「荒川が何のためにわしをあの場所に誘《おび》き寄せたのか、狙いはわかっていたな」

「いえ、知りません」

「嘘をつくな。おまえたちは、荒川がわしを斬るつもりだと知っていて、わしを駕籠に乗せたのだ。いわば、おまえたちもぐるだ」

「待ってくれ。何をするつもりか知らなかった。ただ、連れて来いと言われて」

「わしをだましてな」

「……」

「駕籠はどうした？」

「三ノ輪にある駕籠屋から失敬を」

「そこまでして、わしを荒川平八が待ち伏せているところまで運んだのだ。何が起こるか、予想はついたはずだ」

「……」

小女が酒を持ってきた。

其角は湯呑みをもらい、酒を注ぎ、いっきに呑み干して、

「死体を運んだのも、荒川平八に頼まれたのか」

「なんのことでえ？」

卓次が声を震わせた。

「大八車で死体を運んだだろう。そのとき、わしの乗った駕籠と擦れ違ったんだ」

「……」

「正直に言わないと、ひと殺しの片棒を担いだことになるぜ、いいのか」

七太郎が言い、

「直接手を下したわけでなくとも、ぐるならおまえたちは島送りだ」

と、脅した。

「ほんとうに俺たちはただ運んだだけだ」

「仁徳寺の山門付近で、荒川平八は茶坊主の宗心を殺した。おまえたちは、その光景を見ていたはずだ」

「……」

ふたりは押し黙った。

「その後、おまえたちは宗心の死体を大八車に載せた。だが、そこで予定外のことが起こった。荒川平八が知り合いと出くわしてしまった。荒川はおまえたちに、明朝運ぶから死体をどこかに隠しておけと命じたのではないか」

其角はふたりの反応を見て、さらに続けた。

「おまえたちは死体とどこかで一晩過ごしたのだ」

「……」

「この件ではおまえたちはぐるだ」

七太郎が決めつけた。

「違う、殺すところは見てない」

欽三が言う。

「そうだ。俺たちが大八車を曳いて仁徳寺に行ったとき、もう死体があったんだ。だから、大八車に載せた」

卓次も続ける。

「荒川の旦那が知り合いに会ったから予定を変えると言いにきた。だから、俺たちは死体を載せた大八車を曳いてどこかの百姓家の納屋で一晩を過ごしたんだ」

「殺しには絡んでいないというのだな」

「そうだ」

「しかし、翌朝、わしが乗った駕籠とすれ違い、駕籠かきが死体に気づいた。その駕籠かきを荒川は殺した。それを黙って見ていたな」

「あっしらにはどうすることも出来ませんよ」

「まあ、いい。で、死体をどこに運んだ?」

「橋場の頂法寺だ」

「やはり、頂法寺か」

其角は七太郎と顔を見合わせ、

「で、頂法寺のどこに置いたのだ？」

「境内の隅にあった納屋に」

「そのとき、そこに誰かいたのか」

「わからねえ。俺たちは死体を納屋に置いて、すぐ空の大八車を曳いて引き上げたんだ」

「途中、大八車は鏡が池に棄てたな？」

七太郎がきく。

「面倒くさくなって」

欽三が俯く。

「なぜ、頂法寺だったのか、わかるか」

其角は念のために確かめる。

「いや、知らねえ」

「そうだろうな」

欽三が七太郎に顔を向け、

「荒川の旦那はどうなるんで？」

と、きいた。

「どうなるとは？」

「死体を運ぶとき、荒川の旦那はこう言ったんだ。どんなことになろうが、奉行所が俺たちを捕まえることはないって」

「なんだと、荒川がそんなことを？」

七太郎が顔をしかめた。

「そうだ。それなのに捕まってしまった」

「なぜ、捕まらないだ。そのわけをきいたか」

其角は問い詰めるようにきく。

「教えてくれなかったが、自信を持っていたようだ」

「自信か……」

やはり、荒川は巣鴨の弱みを握っていたのだ。

「親分、あっしたちはどうなるんで？」

卓次が気の弱そうな顔できいた。

「荒川平八が死んだことを知らないようだな」

「えっ、荒川の旦那が死んだ？」

欽三も信じられないという顔をした。

「まだ耳に入っていないのか」

其角は呆れたように溜め息をついた。巣鴨は荒川平八殺しの探索をしていないのだ。それも当然だ。

弱みを握られていて、巣鴨は荒川に対して何も出来なかった。

「荒川が死んでしまえば、おまえたちの罪を暴くことは難しくなる。運がよかったようだな」

「ほんとうか」

欽三と卓次は目を輝かせた。

「先生、そんなことありませんぜ。死体を棄てたんです、それなりに罰を受けないと」

七太郎が異を唱えた。

「だが、同心の巣鴨は何もしまい」

其角が言うと、七太郎は押し黙った。

荒川平八を牢送りにすれば、お白州《しらす》で何を言われるかわからない。荒川の口を封じないと、己の身が危うくなる。
巣鴨がそう思うのは自然の成り行きだ。やはり、荒川平八を殺したのは巣鴨だ。
其角は拳を握りしめ、巣鴨との対決を考えていた。

第四章　黒幕

一

翌朝、其角と七太郎は荒川平八が殺された鉄砲洲稲荷の裏手に来ていた。

荒川平八は深夜に大番屋からここまで逃げて来た。闇雲にここに来たのではあるまい。誰かと落ち合ったのだ。

「誰ですかえ」

七太郎がきいた。

「荒川は左肩から袈裟懸けに斬られていたそうだな」

其角は荒川が倒れていた草むらを見ながらきいた。

「そうです」

「荒川は刀を持っていなかったんだ」

「ええ、大番屋からそのまま逃げたんですから」

「無腰だったとしても、そんな簡単に殺《や》られるような男ではない。やはり、顔見知りだ」

「顔見知り？　まさか、先生は旦那を……」

「巣鴨はその夜は上役といっしょだったと言っていたが、真夜中までいっしょにいたわけではあるまい」

「……」

「逃がしたのも巣鴨だ」

「でも、荒川が逃げたとき、巣鴨の旦那は大番屋にはいなかったんですぜ」

「由蔵って小者だ。巣鴨の意を酌んで逃がしたのだ。そのとき、鉄砲洲稲荷の裏手で巣鴨の旦那が待っていると囁いたのだ」

「あの旦那がそこまでするなんて、信じられねえ」

七太郎は首を横に振った。

「だから言っているだろう。荒川に弱みを握られているんだ」

其角は言い切った。

「巣鴨の旦那の弱みってなんでしょう」

七太郎は首を傾げてきいた。

「ひょっとすると……」

其角はある女の顔を脳裏に浮かべた。

「音曲の師匠阿国の情夫は荒川平八ではなかった。だが、阿国は口裏を合わせたんだ。巣鴨に頼まれたからだ」

「……」

「阿国の情夫は巣鴨じゃねえのか」

「まさか」

「自分の女を使って、荒川の疑いを逸らそうとしたんだ。間違いねえ、巣鴨と阿国は出来ていやがるんだ」

いきなり、其角は引き返した。

「先生、どうするんですね」

七太郎は追ってきた。

「決まっている。阿国を問い詰めてみるのだ」

「いくらなんでも、その程度のことが弱みだなんて」

七太郎が疑問を口にする。

「いや、もっと深い何かがあるのかもしれぬ。ともかく、阿国を問い詰めてからだ」

其角は鉄砲洲稲荷から稲荷橋を渡って霊岸島《れいがんじま》を突っ切る。七太郎もついてきた。

半刻（約一時間）後に、其角は田原町三丁目の阿国の家にやって来た。

格子戸の前に立ったが、三味線の音は聞こえない。

戸を開け、土間に入り、

「誰かいるか」

と、其角は怒鳴った。

「はい」

通いの婆さんが出てきた。

「阿国はいるか」

「今、観音様にお参りに。もう戻ってくる頃だと思いますが」

「そうか。婆さんはいつからここにいるんだ」

「かれこれ五年になります」

「じゃあ、阿国の旦那が誰か知っているな」

「……」

「誰だ？」

「前の旦那なら」

「前の旦那？」

「はい。神田佐久間町《さくまちょう》にある『筒見屋《つつみや》』という下駄問屋の主人です」

「その旦那とは手が切れたのか」

「半年前に、追剝に遭って殺されました」

「殺された？」

あっと、七太郎が声を上げた。

「どうした？」

「へえ。その探索をしたのは巣鴨の旦那ですぜ。この界隈を受け持っている岡っ引きも巣鴨の旦那の手札をもらっていますから」

「そうか。そういえば、大野源三郎が言っていたな。荒川平八は半年前にひと殺しの疑いがかかったと。それで、道場をやめたのだ」

「そうです。それに間違いありません」

「追剝は捕まっていないんだな」

「ええ」

「荒川平八だという証がなかったのか」

「そうだと思います」

「なるほど」

其角が考え込んだとき、格子戸がいきなり開いた。

「あら、なんですね」

阿国が帰ってきた。

「今、婆さんから前の旦那が追剝に殺された話を聞いていたんだ」

其角が答える。

「よけいなこと、話すんじゃないよ」

阿国はぴしゃりと言った。婆さんは小さくなっていた。

「こっちが無理やりきいたんだ」

其角は婆さんをかばう。

「何もお話しすることはありませんよ」

阿国は其角を押し退けるようにして座敷に上がった。

「おまえさん、嘘をついたな」

其角は阿国の背中に声をかける。

「あら、聞き捨てなりませんね」

阿国が振り向いた。

「三月二十四日の夜、荒川平八という浪人がここに泊まったと言っていたな」

「あら、そんなことを言いましたかしら」

「師匠、確かに言ったぜ」

七太郎が阿国に顔を向けた。

「覚えちゃいませんね」

阿国はしらじらしく言う。

「荒川平八はここに泊まったのか」

其角は構わずきく。

「泊まっちゃいませんよ」

「では、なぜ、泊まったと言った？」

「だから覚えちゃいませんよ」

「同心の巣鴨から頼まれたからか」

「頼まれちゃいませんよ」

「荒川が殺されたのを知っているな」

其角はなおもきく。

「すみませんね。荒川って浪人、私は知らないの。忘れてちょうだい」

「師匠、何をいまさら」

七太郎が抗議をする。

「巣鴨に頼まれたのだな」

其角はもう一度言う。

「頼まれちゃいませんよ」

「『筒見屋』という下駄問屋の主人の世話を受けていたのか」

「半年前までですよ」

「そのあとは巣鴨か」

「ばか言わないでくださいな。さあ、お引き取りを」

阿国は追い払うように言い、奥に入って行った。

「どうしますか」

七太郎はきいた。

「もういい。阿国が最初から嘘をついていたのはわかっていたんだ」

其角は外に出た。

「どうしますか」

「わしは神田佐久間町の『筒見屋』に行ってみる」

そう言い、其角はさっさと歩きだした。

「ごいっしょしますよ」

七太郎が並んできた。

「巣鴨に叱られるぞ」

「でも、このままじゃなんか胸につかえて」

七太郎は巣鴨への不審を口にした。

三味線堀を過ぎ、神田佐久間町にやってきた。

「あそこですね」

『筒見屋』の屋根看板が見えてきた。

間口の広い店先に立ち、中を覗く。店座敷に、数人の客がいて、奉公人が相手をしている。

七太郎が番頭らしき男に声をかけた。

「俺は南町の同心巣鴨さまから手札をもらっている七太郎というものだ。ご主人に会いたいんだが」

「少々、お待ちください」

番頭は店座敷にいる三十歳ぐらいの男のそばに行き、耳打ちした。男はこっちを見た。

ゆっくり立ち上がると、土間に下りてきた。

「ご主人か」

七太郎が確かめる。

「はい、彦兵衛《ひこべえ》です」

「先代のことで話がききたい」

其角は待ちきれずに口を開く。

「あなたさまは？」

「宝井其角というものだ」

「あなたが其角さま」

彦兵衛は目を見張り、

「で、父のことで何か」

「ここでは話しづらい」

「では、こちらに」

彦兵衛は店座敷の隣の小部屋に通した。

差し向かいになって、さっそく其角が切り出した。

「音曲の師匠阿国を知っていなさるか」

「はい」

彦兵衛は顔を歪めた。

「どうして知っているんだね」

「先代の父が囲っていた女だったそうです」

「だったそうだというのは？」

「先代が亡くなってから知りました」

「先代は阿国という女のところからの帰りに追剝に遭ったそうだが」

「はい。駕籠で帰る途中、新堀川で襲われました。殺されて、財布を盗まれました」

「下手人は挙がったのか」

「いえ。駕籠かきは浪人だと言っていたそうですが、とうとう見つけ出せませんんでした」

「駕籠かきは顔を見てねえのか」

「頬被りをしていたのでよくわからなかったそうです」

「探索したのは誰だ？」

「南町の巣鴨さまです」

「巣鴨はちゃんと探索をしたのか」

「どうでしょうか。ちゃんと探索をしていれば見つけられたでしょうに」

彦兵衛は顔を顰めた。

「どうしたえ、巣鴨に面白くない気持ちがあるみたいだが」

「いえ、別に」

「ご主人、なんでもいいから仰ってくださいませんか」

七太郎が促した。

「わしも巣鴨が気に食わねえんだ。教えてくれ」

「じつは、先代が亡くなったので、女には田原町の家から出ていってもらおうと思ったのです。でも、巣鴨さまがそんなことをしたら先代の顔が潰れると言い出して」

「なに、先代の顔が潰れるだと？」

「はい。自分が万が一のときでも妾が困らないようにしておくのが男の器量だ。阿国を追い出したら、先代がちっぽけな男に思われるとか理屈をつけて、女にいいように……」

「なるほどな。よしわかった。すまなかった」

其角は合点し、礼を言う。

「先生、もういいんですかえ」

「おおよそわかった」

其角が立ち上がると、七太郎もあわてて彦兵衛に挨拶をして其角を追ってきた。

外に出て、七太郎がきいた。

「もっと深くきいたほうがよかったんじゃないですか」

「いや、あれだけで十分だ。あとは巣鴨に確かめるだけだ」

其角は言い、

「巣鴨に会いたいのだが、今はどこにいるか」

「そこの自身番できいてきます」

七太郎は佐久間町の自身番に駆けて行った。

すぐ戻ってきて、

「きょうは顔をだしていないようです。たぶん、浅草だと思います」

其角と七太郎は三味線堀を通って浅草に向かった。

途中、阿部川町《あべかわちょう》の自身番できくと、四半刻（約三十分）前に顔を出したという。

さらに、田原町の自身番でもきく。ちょっと前に寄ったという。

「すぐ近くにいるようです。でも、巣鴨の旦那が素直に先生に会いにくるでしょうか」

「わしは阿国の家で待っている」

其角は口にした。

「阿国の家で？」

七太郎が目を丸くした。

「そこならいやいやでも、巣鴨はやってくる」

「でも、阿国に断りなしに……」

「なに、だいじょうぶだ」

其角は気にせずに言う。

「わかりました」

七太郎は駒形町《こまがたちょう》のほうに走って行った。

其角は阿国の家の格子戸を開けた。

阿国が出てきた。

「まだ何か」

「そんないやな顔をするな。せっかくの美しい顔がだいなしだ」

「そんな世辞なんかいいですよ。で、何の用？」

「ここで巣鴨三十郎と待ち合わせている」

「旦那と？」

阿国は首を傾げた。

「上がらせてもらう」

其角は勝手に上がった。

「ちょっと待ってくださいな」

阿国はあわてて言う。

「きょうは稽古は？」

隣の部屋を覗く。

「稽古日じゃないんです」

「そうか。ちょうどよかった」

ずかずか入り、其角は見台の前にあぐらをかいた。溜め息をついて、阿国は向かいに腰を下ろした。

「弟子はここでおまえさんと差し向かいで稽古をつけてもらうのか」

「そうですよ」

阿国はつんとして言う。

「まっとうにおまえさんの顔を見ていられるのは悪くないな。こんないい女とひとときをすごせるなら、わしもおまえさんに弟子入りするかな」

「何を仰いますか」

「酒はないか?」

「酒?」

阿国は目を剝いた。

「おまえさんの酌で呑んだら、さぞかし酒もうまかろう」

「先生は何しにここに来たんですね、巣鴨の旦那と落ち合うのでしょう」

「いつ来るかわからん」

其角はしみじみ阿国の顔を見て、

「うむ、美しい。吉原の太夫より上等だ」

「嘘ばっかり」

「嘘じゃねえ。わしは女に嘘はつかぬ」

「ほんとうにお口がうまいんだから」

「いや、本気だ」

「先生の噂は聞いていますよ。女を見れば必ず口説くと」

「冗談ではない。いい女だけだ。どうだ、今夜忍んでくる」

「まあ」

そのとき、格子戸の開く音がした。

阿国が出て行く。

「こちらでお待ちです」

阿国が巣鴨を連れてきた。

「其角先生、いったい何の真似ですか」

巣鴨は怒りの口調で言う。

「座ったらどうだね。少し話がしたい」

「私は忙しいんです」

「荒川平八を殺した奴はまだ捕まらんのだろう」

「阿国。すまんが、観音様にお参りにでも行ってきてくれぬか」

「わかりました」

阿国は立ち上がり、

「じゃあ、先生」

と、流し目をくれて部屋を出て行った。

「荒川平八殺しは目下探索中だ」

巣鴨がいきなり言う。

「その前に、教えてもらいたいんだ」

「……」

「三月二十四日の夜、荒川平八は吉原帰りの宗心を殺し、翌朝大八車で運ぶ途中、わしを乗せた駕籠かきとすれ違った。亡骸を見られた荒川は駕籠かきを殺し、わしをも殺そうとした。ところが、おまえさんは荒川を見逃した」

「見逃したわけではない。証がないからだ」

巣鴨は言い返す。

「そんなことはねえ。わしがちゃんと相手の顔を見ているんだ」

荒川平八は否定していた。

「いまさら、そんなことはどうでもいい。問題はなぜ、おまえさんは荒川に甘いのかだ」

「……」

「わしはおまえさんが荒川平八に弱みを握られているのかと思った。その弱みは阿国とのことかとも考えた。それで阿国を調べたが、阿国はもともと『筒見屋』の先代彦兵衛の囲い者だった」

其角は息継ぎをして続ける。

「その彦兵衛が半年前にここの帰りに追剝に遭って殺されたそうではないか。下手人はわかったのかえ」

「いや」

「荒川平八じゃねえか」

「わからぬ」

「おまえさんはこの殺しが縁で阿国と知り合い、いい仲になったのではないか」

「何を言うか」

「旦那が死んで、この家を追い出されそうになったのを彦兵衛の倅に掛け合い、この家と手切れ金のような金をとってやったそうではないか。それが縁で……」

「当て推量《ずいりょう》でものを言うな」

巣鴨の抗議を無視し、

「そうなると、おまえさんの弱みは阿国とのことではないということになる。じゃあ、なぜ、おまえさんは荒川平八を見逃すのか」

其角は間を置き、

「ここで考えるのは宗心のことだ。なぜ、荒川平八は宗心を殺したのか。浪人と茶坊主。ふたりに繋がりはない。そのことから、荒川平八は何者かに頼まれて宗心を殺したとしか考えられない。では、誰に頼まれたのか」

「待て。宗心は勝手に姿を晦《くら》ましたのだ。大八車に載せられていたのは亡骸だというが、そう訴えているのは先生だけだ」

巣鴨は逆襲するように言う。

「宗心に行方を晦ます理由はない」

其角は言い切る。

「宗心が殺されたというなら肝心の亡骸はどこにある？　亡骸が見つからないのは宗心は生きているからだ」

「荒川平八に頼まれて、宗心の亡骸を大八車で運んだ男が見つかったぜ」

「……」

「宗心の亡骸は鏡が池の先に運んだと言っていた」

頂法寺で紙漉き職人の家の婆さんの弔いがあったが、その棺桶の中に宗心も入れられたに違いないと口にしかかったが、其角は思い止まった。

欽三と卓次の話をしても巣鴨は撥《は》ねつけるだろう。亡骸が絶対に見つからないと思っているからだ。

其角はあることを実行する気になっていた。よけいなことを言って邪魔されたくなかった。

「荒川と宗心の間に何かあったのか」

「一介の浪人とお城の茶坊主とに繋がりなどない。思い込みだけで、騒ぐのはやめていただきたい。それでも騒ぐのであるなら、宗心の亡骸を見つけてからにしてもらおう」

「必ず、見つけてみせる」

其角は巣鴨を睨みつけた。

「話はそれだけか」

巣鴨は顔を歪めた。

「大番屋から荒川を逃がしたのは由蔵って小者だろう」

「ばかな。なぜ、由蔵がそんな真似をすると言うんだ?」

「おまえさんから頼まれたからだ」

「ふざけるな」

「鉄砲洲稲荷の裏で待っていたのはおまえさんではないのか」

「想像でものを言うな」

「おまえさんは荒川に何らかの弱みを握られていた。それで、荒川の言いなりだった」

「弱みとはなんだ? 勝手な推量で決めつけるな」

「これ以上話してもむだだ」

其角は立ち上がった。

其角は阿国の家を出た。外に、七太郎が待っていた。

「どうでした?」

「埒が明かねえ。こうなりゃ、やるしかねえ」

「やるって何を?」

「耳を貸せ」

其角は七太郎に耳打ちをした。

「げっ」

七太郎はのけぞって、

「とんでもない」

「やるんだ」

其角は強い口調で言う。七太郎は青ざめた顔で震えていた。

二

九つ（午前零時）を過ぎている。星明かりを頼りに、墓地に入っていく。生暖かい風が吹いている。土を踏む音がやけに大きく聞こえた。

其角は七太郎のあとについていく。後ろに二郎兵衛が続く。三人とも、頬被りをしていた。

七太郎が土饅頭の前に立った。

「ここです」

「間違いないな」

其角は確かめる。

「昼間、ちゃんと調べておきました」

「よし、はじめよう」

其角は手を合わせてから言ったが。鋤《すき》を手にした二郎兵衛はためらっている。

「どうした？」

「墓を暴くなんて」

二郎兵衛は怖《お》じけづいていた。七太郎もただ鍬《くわ》を持ったまま突っ立っている。

「宗心が埋められているかもしれないのだ。さあ、早くやるんだ」

其角はせっつく。

「さあ、やるんだ。こうでもしなきゃ、確かめられないのだ」

「見つかったらあっしはお縄になっちまう」

七太郎は泣き言を口にして鍬を入れた。二郎兵衛も鋤で土をどける。

墓地の近くの木立から夜鳥が無気味に鳴いて飛び立った。冷気が襲ってきて、其角は身震いした。

まだ日が浅く、柔らかい土はどんどん除《の》けられていく。其角も鋤を持って土を除けていく。

「当たりました」

鋤をつかっていた二郎兵衛は手応えを感じたようだ。さらに、土をどけていく。

やがて、座棺の蓋が現われた。

七太郎が匕首《あいくち》を取り出し、縄を切り、刃先を使って蓋をこじ開けた。異様な臭いが鼻をついた。

其角は提灯に火を入れて照らした。小柄な老女の亡骸が目に飛び込んだ。さらに棺桶の中を照らすと、女の亡骸の下にもうひとりの仏がいるのがわかった。坊主頭の男が棺桶の底で丸まって横になっていた。

「明かりを照らしてくれ」

其角は提灯を七太郎に渡す。

「二郎兵衛、足を持っていろ」

腹這いになり、其角は棺桶に首を突っ込む。ずるっと落ちそうになるのを、二郎兵衛があわてて支える。

其角は老女の体をどかし、下にいる坊主頭の顔に近づく。

「明かりを」

其角が叫ぶと、明かりが棺桶の底に届いた。其角の目の前に、坊主頭の顔があった。腐乱しかけているが、宗心に間違いない。

「上げろ」

其角が大声を出す。

二郎兵衛が其角の足を引っ張った。

地上に出て、其角は激しく噎《む》せた。

「先生、だいじょうぶですか」

二郎兵衛が背中をさする。

其角は大きく息を吸って吐いた。

「どうでした？」

七太郎がきく。

「宗心だ」

「やはり」

「よし。宗心を引きずり出すのだ」

「……」

ふたりは顔を見合わせた。

「どうした、やるんだ」

「わかりました」

二郎兵衛は穴に頭を突っ込み、縄で宗心の体を結わえた。三人で引っ張り上げる。苦労して、宗心の亡骸を地上に上げた。

それから、棺桶の蓋を閉め、土を穴に落とした。以前のような土饅頭に整えた。

「よし、宗心をあそこの門から出た辺りに隠すのだ」

其角は宗心の亡骸を境内の外に隠すように言った。

二郎兵衛と七太郎は宗心の亡骸を持って運んで行く。其角は提灯で足元を照らす。裏門を出て、草木の繁った中に、宗心の死体を隠した。いずれ、誰かが見つける。それを待つだけだ。


それから四半刻（約三十分）後、三人は七太郎の家に着いた。

七太郎が徳利と湯呑みを持ってきた。

其角の前に置いた湯呑みにたっぷりと酒を注いでから、七太郎は二郎兵衛にも注ごうとした。

「あっしは結構で」

二郎兵衛は遠慮する。

「こいつは下戸じゃねえが、呑まないのだ」

其角が言う。

「でも、一口だけでも。身を清めたほうが」

七太郎が勧める。

「そうだ。あの婆さんの霊に祟《たた》られないようにな」

其角が脅す。

「じゃあ、一口だけ」

二郎兵衛は湯呑みを摑んだ。

七太郎は少し注いだ。

「やはり、宗心は殺されて、あの寺にひそかに埋められていたのだ」

其角は顔をしかめ、

「いやな野郎だったが、こうなってみると哀れでならねえ」

「宗心を殺したのは荒川ですね」

七太郎が言い、

「その荒川を殺したのは誰でしょう」

と、顔を顰めた。

「巣鴨に決まっている。ひょっとして、巣鴨が荒川に宗心殺しを頼んだのかもしれねえ」

其角は思いつきを口にした。

「巣鴨の旦那が？」

「そうだ。荒川と宗心にはなんの繋がりもない。巣鴨に頼まれたと考えるほうが腑《ふ》に落ちる」

其角は言い切る。

「待ってください」

七太郎はあわてて口をはさむ。

「巣鴨の旦那がそんなこと命じるはずはありませんぜ。第一、旦那と宗心にはなんの繋がりもありません」

「いや、こっちが知らないだけだ。最初は弱みを握られているから、巣鴨は荒川に何の手出しも出来ないと思っていたが、そうじゃねえ。巣鴨が荒川を使って宗心を殺させたのだ。荒川が捕まって口を割られては困るから、大番屋から逃がして口を封じたのだ」

其角は憤然と言う。

「先生の前ですが、巣鴨の旦那と宗心はどうも結び付きません」

七太郎は首をひねる。

「調べてみろ」

其角は酒を呑み干し、手酌で徳利から注ぎ、

「宗心はいやな野郎だが、殺されたとなると可哀想でならねえ。仇をとってやる」

と、呻くように言った。

「誰かが早く宗心の死体を見つけてくれたら」

七太郎がもどかしげに言う。

二郎兵衛はさっきから黙っていたが、あくびをした。

「夜が明けるまで、ここでごろ寝させてもらう」

其角は七太郎に頼んだ。

「どうぞ」

「じゃあ、先生、あっしは横にならしてもらいます」

二郎兵衛は倒れるように横になった。

七太郎が夜着を持ってきて、二郎兵衛にかけてやる。

「先生もこれをお使いください」

其角も夜着を受け取った。

いつしか、其角も横になっていた。

翌日の昼前、其角は吉原の裏長屋に住む幇間の瓶八を訪ねた。

戸を開けて、声をかける。

「邪魔をする」

「あれ、其角先生じゃありませんか」

ふとんから起き上がって、瓶八は眠そうな声を出した。

「起こしてしまったか」

「いえ、もう起きようとしていたところでして」

あわててふとんを片づけて、

「何かあったんですかえ」

と、瓶八は腰を下ろしてきいた。

「うむ」

其角は上がり框に腰を下ろし、腰から煙草入れを取り出す。瓶八はすぐに煙草盆を出した。

「部屋の中はきれいに片づいているな。調度もいいものを揃えている。まるで、芸者の部屋のようだ。さすが、売れっ子の幇間だ」

煙草入れから煙管を出しながら、其角は部屋を見回した。

「恐れ入ります。で、どんな用件で？」

瓶八はきいた。

「気になるか」

「そりゃ、気になります。其角先生がわざわざこんなところまで訪ねてくるんですから」

「そうだな」

其角は刻みを詰めて、

「宗心が最後にやってきた日のことだが、機嫌が悪かった。どこかの大名家の付け届けが少なかったって怒っていたんだな」

「そうです」

「どこの大名家だ？」

「わかりません。言ってませんでしたから」

瓶八は答えてから、

「どうして、そんなことをきくんですかえ」

と、きいた。

「火を貸してくれ」

瓶八は火鉢を持ってきた。

「すまねえ」

火鉢に顔を近付け、炭で煙管に火を付けた。

「じつは宗心は殺されていたんだ」

其角は口にした。

「殺された？　いつですか」

「吉原の帰りだ」

「だって、宗心さまは行方不明だったのでは？」

「そうじゃねえ。すでに殺されていたんだ」

「なんと」

瓶八は大仰に驚く。

「じゃあ、宗心さまの亡骸が見つかったんですね」

「いずれ見つかる」

「どうしてわかるんですかえ」

「宗心の亡骸を運んだという男が白状したのだ」

「どこに運んだんですかえ」

「で、宗心といざこざを起こした相手を探しているんだ」

其角は瓶八の問いかけを制して言う。

「その大名は違いますぜ」

瓶八は否定する。

「違う？　どういうことだ？」

「だって、あれは宗心さま独特の芝居ですよ」

「芝居だと」

「ええ、わざと怒った振りをしていたんです。自分を偉く見せるためですよ。だって、そのあとは上機嫌でしたから」

「上機嫌？」

「ええ。たぶん懐があったかいからでしょうね」

「あったかい？」

「ええ、そんなことを言ってました」

弟の心次郎の話では、刃傷があった松の廊下での振る舞いによって褒美をもらったようだ。だが、宗心は何をしたのだろうか。

「宗心を恨んでいるような輩《やから》を知らないか」

「さあ、小癪《こしゃく》な野郎だと思っても、殺そうとまではしないと思いますが。あれで、案外愛嬌がありますし」

「あいつに愛嬌があるとは思えぬ」

其角は煙管を口に運び、煙を吐いた。

「南町の巣鴨って同心と何かあったって話は聞かないか」

「巣鴨さまですかえ。いえ、聞きません」

「そうか」

ふたりに関わりがないとしても、荒川に命じて宗心を殺させたのは巣鴨だ。だから、荒川をかばっていたのだ。巣鴨だから、荒川を大番屋から逃がすことが出来たのだ。

その巣鴨に、宗心を殺すように命じた者がいる。そういうことかもしれない。

いったい、宗心はなぜ殺されたのか。

そのとき、宗心の弟の心次郎が、松の廊下のことで褒美をもらったと言ったことをもう一度考えてみた。松の廊下で、宗心は何をしたのか。そのことが気になった。

「先生」

「なんだ？」

「宗心さまが殺されたことは弟の心次郎さまには？」

「すでに死んでいると思っているはずだ」

其角は言い、煙管の雁首を灰吹に叩いて灰を落とした。

「邪魔したな」

其角は立ち上がった。

「先生、また御座敷に呼んでください」

瓶八の声を背中にきいて、其角は土間を出た。

大門脇の面番所に行くと、小肥りの常吉が座敷の上がり口に腰を下ろしていた。

「これは其角先生、なんですね」

常吉は微かに眉をひそめた。

「初花が石橋宗心といっしょに逃げたことにしろと、『鶴見屋』に告げたってことだったな」

「へえ、それはこの間、お話ししたはずですがね」

「もし、宗心が見つかったらすぐ嘘だとばれてしまうではないか、そのときは、どう言い訳するつもりだったのだ？」

「そんときはそんときですよ」

「親分、ひょっとして宗心がどこかに埋められていて見つかることはないと知っていたのではないか」

「宗心が埋められた？　どういうことですね」

「はじめから宗心が死んでいることを知っていたんじゃないのかときいているんだ？」

「何を言うんです。それじゃ、まるであっしが宗心の死に関わっているみたいに聞こえるじゃねえですか」

「違うのか」

「当たり前です」

常吉は顔を紅潮させた。

「ひょっとして、『鶴見屋』に告げに行ったのは、巣鴨三十郎に言われたからじゃないか」

「……」

常吉は顔色を変えた。

「どうやら図星か」

「いや、そうじゃねえ」

「別に隠すようなことではあるまい」

其角は言ってから、

「ほんとうのことを教えてくれ。おまえさんは初花の亡骸が浄閑寺に運ばれたのを知っていた。そのことを、巣鴨に話さなかったか。どうなんだ？」

「……」

常吉は迷っていたが、

「確かに話しました。たまたま、巣鴨さまと山谷堀で会った。そのとき、遊女が投込み寺に運ばれたという話をしましたよ。そしたら、宗心といっしょに逃げたことにしろと」

「なぜ、巣鴨がそんなことを言うのか疑問に思わなかったのか」

常吉はそれには答えなかった。

「『鶴見屋』の主人も初花が自害したことは隠したいと言っていたので、そのように言いふらしました」

常吉は認めた。

「わかった。邪魔した」

其角は面番所を出て行った。

やはり、巣鴨が画策している。だが、巣鴨と宗心は何の関係もない。宗心を殺したい何者かが巣鴨の背後にいる。

松の廊下。またも、其角はそのことを考えた。

三

其角は宗心の弟の高槻心次郎を養子先の屋敷に訪ねた。

庭に面した客間で、心次郎と差し向かいになった。

「心次郎どの、心して聞かれよ。宗心どのは殺され、寺の墓地に埋められていた」

他人の弔いの棺桶に隠して埋葬したのだと、説明した。

「兄に間違いないのですか」

「間違いない。墓を暴いて確かめた」

「墓を暴いたですって」

「さよう。ただ、亡骸を別の場所に移した。誰かに見つけてもらうためだ。墓を暴いたなんて言ったら、お縄になっちまうからな」

「どこですか。私が見つけたことにします」

「いや、すぐ見つかるはず。それまで待ってもらいたい」

「早く、兄の供養を……」

「もうしばらくの辛抱だ」

「早く、兄の亡骸を引き取り、供養をしてやりとうございます」

「わかっている」

其角は心次郎を安心させて、

「ところで、宗心どのは松の廊下での働きにより褒美をいただいたということであったが、どんな働きをしたか、わからないか」

と、改めてきいた。

「いえ、兄は何も言ってませんでした」

「松の廊下では、梶川与惣兵衛どのが刃傷に及んだ浅野内匠頭さまを取り押さえたことで即日加増されたそうだが……」

「兄にどんな功があったのかわかりません」

「しかし、それらしいことは言っていたのではないか」

「ええ、報奨の金もだいぶもらったようです」

「だったら、なぜ、そのことが表に出ないのか。梶川どのの話は広まっているのに。まさか、茶坊主だから目立たないのか」

「さあ」

「松の廊下でのことで、他に何か言っていなかったか」

「そういえば」

心次郎は思いだしたように、

「高家衆のおひとりから苦情を言われたと漏らしておりました」

と、口にした。

「苦情？」

「はい。梶川さまが内匠頭さまの刀を取り上げたと言っているが、刀を取り上げたのは自分だと言い張り、兄にそう証言してくれと訴えたそうです」

「宗心どのが見ていたはずだと？」

「そうです」

「で、宗心どのは？」

「見ていなかったと答えたそうです。梶川さまだけ加増され、自分が褒美に与《あずか》れないのは納得がいかないと周囲に漏らしていたそうです」

「どなただ？」

「いえ、高家衆のおひとりとしか」

「そんなこともあったのか」

松の廊下で、浅野内匠頭が吉良上野介に斬りつけたのを、梶川与惣兵衛が内匠頭を羽交い締めにして取り押さえたという話を聞いていたが、高家衆のひとりの訴えが真実だとすると、あの場でのことで、まだこっちが知らない何かがあったようにも思える。

「其角先生」

心次郎が真顔になり、

「兄の死に刃傷沙汰が関係しているのでしょうか」

「そう思われるか」

「兄に苦情を言った高家衆のひとりが気になります。兄が何も言ってくれなかったために自分は褒美に与れなかったと、恨んでいるのではないかと」

「うむ」

考えられなくはないと思った。その高家衆のひとりは南町の巣鴨三十郎に宗心殺しを依頼した。だが、たとえ親しい関係にあったとしても奉行所の同心が殺しを請け負うだろうか。実際の殺しを荒川平八にやらせたとしても……。

「調べてみよう」

其角は厳しい顔で言う。

「先生はどうしてそこまで？」

心次郎が不思議そうにきいた。

「縁だ」

お互いに滝川太夫を贔屓にしており、大八車に載せられた亡骸と擦れ違った。そのとき腕が見えたのは、仇を討ってくれという宗心の訴えだったのではないか。

さんざん毛嫌いしていた宗心だが、仇を討ってやりたいのだ。

「きっと宗心どのの仇を討つ」

其角は息んだ。

翌日の昼前、其角は梶川与惣兵衛の屋敷の客間にいた。

「先日は伊達さまの句会でお世話になりました」

梶川が丁寧に頭を下げ、

「で、其角先生がわざわざどのような御用で？」

と、警戒するように鋭い目を向けた。

「あのとき、話に出た茶坊主の宗心が殺されておりました」

「殺された？　誰にでござるか」

「わかりません」

其角は首を横に振って、

「ただ、気になることがあります」

と、続けた。

「なんでござろうか」

「松の廊下で、梶川どのが内匠頭さまを取り押さえたとき、高家衆のひとりが内匠頭さまの小刀を奪ったのは自分であると訴えていたそうですが」

「さて」

梶川は首を傾げた。

「そのときのご様子をもう一度お伺い出来ませぬか」

其角は頼んだ。

「よいでしょう」

梶川は居住《いず》まいをただし、

「勅使さまの都合により儀式の刻限が早まったというので、吉良さまに詳細をお伺いしようと、茶坊主の宗心に吉良さまをお呼びするように命じると、吉良さまはご老中に呼ばれて……」

其角は松の廊下の光景を想像しながら聞いている。

「そこに浅野内匠頭さまの姿が見えたので、宗心に浅野さまを呼ぶように命じました。それで、浅野さまとお話をしたあと、白書院のほうから吉良さまがやってこられたので、すぐに宗心に吉良さまをお呼びするように命じました。宗心から聞き、吉良さまがこちらに向かってきたので、私も吉良さまに近付き、儀式の刻限が早まったのでしょうかとおききしたとき、『この間の遺恨、覚えたるか』と声がし、浅野さまが吉良さまに斬りかかったのでござる……」

梶川は深呼吸をし、

「私はあわてて浅野さまに飛び掛かり、羽交い締めにし、ようやく押し倒し、刀を取り上げました。そのあとに茶坊主どもも駆けつけました」

「刀を取り上げたのは梶川どのでござるか」

「さよう」

「そのとき、松の廊下にはどのような方々が？」

「高家衆や勅使《ちょくし》饗応役《きょうおうやく》の伊達左《さ》京亮《きょうのすけ》さまです」

「高家衆はどんな方々が？」

「品川《しながわ》豊前守《ぶぜんのかみ》、畠山《はたけやま》下総守《しもうさのかみ》、京極高規《きょうごくたかのり》さまです」

「宗心はその高家衆のひとりが、浅野さまから刀を取り上げたのは自分だと訴えていたと言っていたということです」

「さあ、私は知りません」

「刃傷のとき、一番近くにいたのは宗心でしょうか」

「そうです。宗心です」

梶川は顔を顰めた。

「宗心はそのとき何かしたのでしょうか」

「何かとは？」

梶川は怪訝そうにきいた。

「何かの働きをしたのかと」

「いや、何もしておりませぬ」

「何も、ですか」

「ええ、ただ、傍観していただけです」

心次郎の話と違う。もっとも、弟に自慢をしたかっただけなのかもしれないが……。いや、褒美の実入りがあったようだ。だから、吉原にも頻繁に行けたのだ。

「浅野さまが刃傷に及んだとき、宗心は近くにいたのですね」

「いました」

「では、浅野どのが『この間の遺恨、覚えたるか』と叫んだ声を、宗心は聞いているのですね」

「耳に入ったでしょう」

梶川は眉根を寄せた。

「では、梶川どのが浅野さまから小刀を取り上げたところを見ていたわけですな」

「そうでしょう」

「なぜ、高家衆のひとりが刀を取り上げたのは自分だと訴えていると、宗心は言っていたのか」

「なぜでしょうか」

梶川は首を横に振った。

「この間の遺恨とはなんでしょうか」

「さあ、わかりません」

「吉良さまは脇差をお抜きにならなかったのですね」

「ええ、抜いていません。額を斬られ、駆けつけた茶坊主どもに抱えられる体《てい》で逃げていきました」

「浅野さまはなかなかおとなしくならなかったようですね」

「ええ。吉良どのが遠くに行っても喚《わめ》いていました」

「どんなことを叫んでいたのでしょうか」

「よく聞き取れませんでした」

「聞こえたのは『この間の遺恨、覚えたるか』という言葉だけですか」

「そうです」

「浅野さまを取り調べたお目付の多門伝八郎どのも遺恨の内容は聞き出せなかったそうですね」

「遺恨があったと言うばかりだったようです」

「なぜ、でしょうか」

其角は首をひねり、

「遺恨があるなら、詳細を語るはずだが……。それとも語れない何かがあったのか。まさか」

其角はふと思いついて、

「実際は、浅野さまは遺恨の詳細を語ったが、あまりに吉良どのに不名誉なことなので、なかったことにしたとか」

と、想像を口にした。

「ありえません」

梶川は其角がびっくりするくらいに強い口調で否定した。

「取り調べには、もう一方《ひとかた》、お目付の近藤平八郎《こんどうへいはちろう》さまも同席しています。それに、浅野さまの監視のため御徒《おかち》目付もおりましょう」

「確かに、吉良さまのことで皆が口裏を合わせるなどありえませんな」

其角は頷く。

「そうです。それに、多門伝八郎どのは浅野さま贔屓のお方」

「多門伝八郎どのは浅野さま贔屓ですと？」

其角は何かひっかかった。

「多門どのは浅野さまを助けようとはしなかったのですか」

「助けようとは？」

「浅野さまは乱心だというように」

「ありえません」

またも梶川は強い口調になった。

「浅野さまを取り押さえた私が遺恨という言葉を聞いているのです。乱心などありえませぬ」

梶川は強い口調になった。

其角はさっきからときたま梶川に違和感を持った。

「其角先生は、浅野さまの遺恨の内容に興味がおありなのですか」

「いや。わしは宗心が誰になぜ殺されたのか、それを調べているのです」

「……」

「宗心は刃傷のあと金回りがよかったようです。本人は刃傷のときの働きによって褒美をもらったと言っていた。しかし、梶川どのの話では、宗心はさしたる働きはしていないようです」

其角はわざとらしく溜め息をつき、

「いったい、吉原に頻繁に遊びに行けるだけの金を、宗心はどうやって得たのか」

と、口にした。

「宗心は日頃から諸大名から付け届けをもらっています。付け届けをしないと、老中にどんな告げ口をされるかわからないので、大名も気を遣っているのです」

「確かに、その金でかねてより吉原で遊んでいたが……」

「先生、そろそろ出かけなければなりませんので」

梶川が話を打ち切るように言った。

「さようですか。これは長居をしてしまった。許されよ」

其角は挨拶をして腰を上げかけたが、ふと気がついて、

「梶川どのは橋場にある頂法寺という寺をご存じですか」

と、きいてみた。

「頂法寺？」

梶川が表情を動かした。

「ご存じですか」

「私の朋輩の菩提寺が確か頂法寺でした」

「すると、それなりのお寺なのですね」

「そう。なんでも、側用人の柳沢さまと繋がりがあるお寺とか聞いたことがある」

「柳沢さまと？」

柳沢出羽守《でわのかみ》保明は川越《かわごえ》藩藩主であり、将軍綱吉《つなよし》の側用人である。

「あの寺の住職は川越の寺からやって来たそうです」

「そうですか。柳沢さまと……」

「その寺が何か」

「じつは、宗心の死体を大八車で運んだ男が見つかりましてね。問い質《ただ》したら、頂法寺に運んだと」

「なんですと」

「そこの寺が柳沢さまと……」

其角はあっと気がついて思わず声を上げた。

浅野内匠頭の即日切腹を決めたのは将軍綱吉であり、その裁定を大目付に告げたのは側用人の柳沢保明だ。

ここに何か秘密が……。

「いや、よけいなことを」

其角は立ち上がった。

梶川は茫然としていた。

其角は急いで梶川の屋敷をあとにした。

四

其角が茅場町の江戸座に戻ると、二郎兵衛が飛んできた。

「先生、宗心の亡骸が見つかったそうです。さっき、七太郎親分の使いが来ました」

「よし。行こう。あっ、その前に酒だ」

「一杯だけですよ」

二郎兵衛が湯呑みに酒を注いで持ってきた。

ぐっと一気に呷ってから其角は出かけた。

半刻（約一時間）後に、其角は頂法寺の裏手にやって来た。町役人たちに交じって巣鴨三十郎と七太郎の姿があった。

「先生」

七太郎が其角に気づき、

「宗心の亡骸が見つかりました」

と、知らせた。

「やっと見つかったか」

其角はにやりとし、巣鴨のそばに行った。

「やはり、わしが見た大八車の亡骸は宗心だったのだ」

「うむ」

巣鴨は困惑したように頷く。

「殺したのは荒川平八だ。わしの言うことを信じて荒川平八の周辺を探っていれば、大八車を曳いていた百姓風の男はとうに見つかったはずだ」

其角は激しく巣鴨を責めた。

「しかし、妙だ」

巣鴨が厳しい顔で言う。

「何が妙なんだ？」

「見つけたのは、頂法寺に墓参りに来た近所の隠居だ。五日前には亡骸はなかったという。なぜ、今になってここに……」

「不思議でもなんでもねえ。おそらく宗心は頂法寺の他人の墓に埋められていたんだ。そこにいたんじゃ見つけてもらえねえ。だから、宗心は自分で這い出してここまでやって来たんだ」

「ばかな」

巣鴨は吐き捨てた。

「おまえさんは、切れ者と言われているわりには荒川平八に対して吟味立てが甘かった。弱みを握られているからかと思ったが、そうではなかった」

「俺の調べが甘かった。だが、宗心を殺したのは荒川平八だ。ふたりの間に何か確執があったのだろう」

「いや、ふたりに関係はねえ」

其角は言い切る。

「なぜ、そう言えるのだ。ふたりに何かあったから……」

「違う。荒川平八に宗心殺しを命じた奴がいるのだ。おまえさんかとも思ったが、そうじゃねえ。おまえさんと宗心は繋がらねえ」

「当たり前だ。あくまでも荒川と宗心の間で何かあったのだ」

「違う。この寺の住職は側用人の柳沢さまと……」

「何を言うか」

巣鴨はいきなり声を荒らげた。

「先生、旦那」

七太郎が割って入った。

「こんなところで言い合いは拙《まず》いですよ」

「巣鴨さんよ。もう一度、話し合いたい。なんなら、阿国の家で」

「冗談ではない」

「旦那。宗心の家の者が遺体を引き取りにきていますが」

「もういい、引き渡せ。下手人は死んでいるのだ」

「荒川平八がやったとやっと認めたか。駕籠かきを殺したのも荒川平八だ。だが、荒川平八に宗心殺しを……」

「先生」

七太郎がまた注意をした。

「わかった」

其角は返事をしたが、なおも巣鴨に言った。

「この寺は柳沢さまと親しい。どうやら、宗心殺しに柳沢さまが絡んでいるようだな」

「……」

巣鴨は声を失っている。

「まあいい。あとで話そう。阿国の家に行っている」

其角は一方的に言い、その場を離れようとした。

「待て」

巣鴨が呼び止めた。

「俺は昼間は忙しい。暮六つ（午後六時）に阿国の家だ」

「暮六つか。わかった」

其角はその場から離れた。


いったん、其角は江戸座に戻った。

格子戸を開けると、二郎兵衛があわてて迎えに出てきて、

「文左衛門さまがお見えです」

と、伝えた。

「紀文が？　そうか」

裏庭に面した客間の襖を開けると、紀伊國屋文左衛門が庭を見て、煙草を吸って

いた。

「どうした？　庭を見て句を練っていたのか」

其角は声をかけて、そばに座った。

「時鳥《ほととぎす》が鳴きました。また、鳴くかと待っていたのですが」

「鳴かぬか」

「はい」

文左衛門は顔を向けた。

「ほととぎす大竹藪をもる月夜」

其角は口にした。

「今、お作りに？」

文左衛門は驚いたような顔をした。

「芭蕉先生の句だ」

其角は言ってから、

「何か用か」

と、きいた。

「また、先生をお誘いに」

「吉原か」

「はい、最近、ご無沙汰のようではありませんか。久しぶりに今夜にでもいかがですか」

「今夜はだめだ」

「先約が？」

「南町の巣鴨三十郎だ」

「あの同心が何か」

「宗心殺しに絡んでいる」

「まさか、奉行所の同心がそんなことを？」

「間違いない」

「もちろん、誰かに頼まれたとしても、へたをしたら、奉行所をやめざるを得なくなりましょう。そんな危険を犯しましょうや」

「そうか。私事ではないとしたら……」

其角は合点した。

「やはり、松の廊下での宗心の働きに関係しているのかもしれない」

またも、脳裏を柳沢保明の名が掠《かす》めた。

「そなたは側用人の柳沢さまとは懇意にしているようだな」

元禄十年、柳沢保明は将軍綱吉から徳川将軍家の菩提寺寛永寺《かんえいじ》の根本中堂造営《こんぽんちゅうどう》の惣《そう》奉行を命じられた。これに絡んで、材木商の文左衛門は大儲けをしている。

文左衛門は柳沢保明や勘定《かんじょう》奉行の荻原重秀《おぎわらしげひで》に賄賂《わいろ》を贈って近づいていたのだ。

「それなりに親しくさせていただいております」

「松の廊下での刃傷以降、柳沢さまにお会いしたか」

「一度、お会いしています」

「そのとき、松の廊下での話は出なかったか」

「いえ、特には。ただ、刃傷の知らせを受けた綱吉公は烈火のごとく怒ったとお話しになっていました」

「即日切腹を命じたのだな」

「そのようです。なにしろ、その日は江戸を発つ勅使が将軍さまに最後の挨拶をするというだけでなく、もうひとつの大事な用件がありました。綱吉公の生母桂昌院《けいしょういん》さまの従一位叙任《じゅいちいじょにん》の宣下《せんげ》がなされることになっていたのです。その大切な日に殿中を血で汚したことに綱吉公は立腹されたそうです」

「それで、即日切腹か。柳沢さまはそのまま受け入れたのだな」

「そうでしょう。柳沢さまは綱吉公の命令を大目付どのに伝えただけです」

文左衛門は其角の顔を覗くように見て、

「先生、何かご不審でも？」

と、きいた。

「橋場の頂法寺を知っているか」

「いえ」

「あの住職は柳沢さまと親しいらしい」

「それが何か」

「宗心の亡骸は他人の棺桶にいっしょに入れられて墓地に埋められていたんだ」

「なんですって」

「住職の目を盗んでそんな真似は出来まい」

「柳沢さまが頼んだと？」

文左衛門が目を剝いた。

「いや、柳沢さまがたかが茶坊主の宗心殺しに手を貸すとは思えない」

其角は唸った。

「あんなに嫌っていた宗心のために、いやに熱心ですね」

「不思議なんだが、宗心が哀れでならないんだ」

其角は思わず拳を握りしめた。


その夜、暮六つに其角は田原町三丁目の阿国の家を訪れた。

すでに、巣鴨は来ていたが、阿国の姿はなかった。

「阿国は？」

「知り合いのところにやった」

「そうか」

其角は巣鴨と向かい合って座った。

「宗心殺しについてわしが描いた筋書きを話す。最後まできいてもらおう」

其角はそう前置きして続けた。

「三月二十四日の夜、揚屋を引き上げた宗心に近づいた男がいた。その男は、宗心にこう告げたのだ。『入谷の仁徳寺の山門で、あるお方がお待ちです』と。そのお方が誰かはわからないが、おそらく付け届けの件だとでも言ったのだろう」

巣鴨は険しい顔で聞いている。

「宗心は大門を出て駕籠に乗り、仁徳寺前で駕籠を下りた。そして、山門をくぐった。そこに荒川平八と南郷伴三郎が待ち構えていて宗心を問答無用で斬り殺した。斬ったのは荒川平八だ」

「……」

「百姓風の手下に手伝わせ、宗心の亡骸を大八車に載せて、頂法寺に運ぼうとした。ところが、そこで道場の門弟の大野源三郎と出くわしてしまった。大八車と無関係を装うために、荒川と南郷は大野に付き合った。そのため、どこか百姓家の納屋に大八車を隠し、翌朝になって荒川と南郷は大八車で頂法寺に向かった。その途中、わしを乗せた駕籠と擦れ違ったのだ」

其角は息継ぎをし、

「そのとき、駕籠かきは大八車の荷の不審に気づいた。だから、わしは大八車を追わせた。わしがよけいなことをしたばかりに駕籠かきをふたりとも死なせてしまった」

と言ったあとで、無念そうに顔を天井に向けた。

「そのあと、荒川は宗心の亡骸を頂法寺に運んだ。そして、納屋かどこかに隠し、新しいお弔いに合わせて、棺桶にいっしょに入れて埋葬しようとした。たまたま、その夜、お弔いがあったので、いっしょに埋葬した。だが、そんなことは寺の手助けがなければ出来まい。あそこの住職は柳沢さまと親しいそうではないか」

「……」

「その後、荒川はわしの動きが目障りだったのか、わしを誘き出して殺そうとした。しかし逆に、わしの弟子の二郎兵衛の手にかかって捕まった。だが、おまえさんは大番屋から逃がし、そして口封じに殺した」

「殺したのは俺ではない」

「おまえさんじゃなければ誰だ？　おまえさんは荒川を小伝馬町《こでんまちよう》の牢屋敷になかなか送ろうとしなかった。このまま生かしておいて、おまえさんも宗心殺しに加担していると口にされることを恐れたのだ」

「違う」

「いまさら、往生際が悪いぜ。江戸の治安を守る奉行所の同心がひと殺しをするなんて世も末だ」

其角は吐き捨てるように言い、

「なぜ、宗心を殺したのだ？」

「俺は殺していない」

「ある人物に宗心を殺すように命じられたのではないか。それで、荒川に殺《や》らせた。

だから、おまえさんはあからさまに荒川を庇った」

「俺は、ある男に、荒川を引き合わせただけだ。その男が荒川に宗心殺しを命じたのだ」

「この期《ご》に及んでまだ言い逃れを」

「ほんとうだ」

「じゃあ、その男は誰だ？」

「言えぬ」

「そんな人物はいないからだろう」

「ほんとうだ。荒川平八を殺したのもその男だ」

「名は？」

「……」

「言えないのか」

「その男が俺の前に現われ、茶坊主の宗心を殺したい。誰か、腕の立つ浪人を世話してくれと言った。それで、荒川を引き合わせた」

「なぜ、おまえさんはその男の言うことを素直に聞いたのだ。同心のくせに、殺しの片棒を担ぐような真似をしたのだ」

「……」

「おまえさんは、その男の頼みを聞いて見返りがあったのか」

「見返りなどない」

「親しい相手だったからか」

「いや」

「おかしいではないか。なんで、そんな相手の頼みを聞き入れなきゃならねえんだ」

「……」

「ひょっとして、上のほうからか。奉行所の上役か」

「違う」

「誰だ、言え」

其角は迫った。

「まさか、もっと上のほうからでは……」

「……」

「いや、どうも柳沢さまの影がちらつく」

巣鴨は目を閉じた。しばらく迷っていたようだが、ようやく目を開けた。

「御徒目付《おかち》の藤原辰之助《ふじわらたつのすけ》どのだ」

巣鴨は口にした。

「御徒目付だと？　なぜ、御徒目付が宗心を……」

御徒目付は目付に属し、旗本や御家人などを監察する。目付といえば、浅野内匠頭を取り調べたのは目付の多門伝八郎……。

やはり、松の廊下での宗心の動きに何かあるのだ。宗心の亡骸を頂法寺に埋葬しようとしたことを考えると、命令は柳沢保明から出ているのか。

「柳沢さまの命令ではないのか」

其角は口にした。

「知らぬ」

巣鴨は首を横に振った。

「御徒目付の藤原辰之助のことは偽りではないな」

其角は念を押して確かめた。

「ほんとうだ」

「なぜ、話した？」

「隠し通せぬからな」

巣鴨は口元を歪めた。それが嘲笑のようにも見えた。

格子戸が開く音がし、阿国の声がした。

「帰って来たか。話は終わった」

其角は立ち上がって戸口に向かった。

「お帰りですか」

阿国は色っぽい目つきをした。

「今度、夜這いにくる」

阿国に囁き、其角は土間に下り、戸を開けて出て行った。

五

阿国の家を出て、其角は駒形町から蔵前のほうに向かった。

田原町からずっとつけてくる影に気づいていた。角を曲がるとき、さりげなく後方を見た。裁《た》っ着《つ》け袴に饅頭笠《まんじゆうがさ》をかぶった男だ。

巣鴨三十郎は御徒目付の藤原辰之助の名を出した。なぜ、口にしたのか。死んで行く者に秘密を漏らしても問題はないというわけか。そう思い、其角はほくそ笑んだ。

榧寺《かやでら》の前に差しかかったとき、背後から迫ってくる足音をきいた。

其角は横っ跳びに逃げた。饅頭笠の侍の剣が空を斬った。

「何奴だ」

其角は一喝する。

賊は体の向きを変え、其角に迫った。

「名を名乗ったらどうだ？」

賊は無言で剣を八相《はっそう》に構えて迫ってきた。

「阿国の家からつけてきたか」

其角は後ずさりながら言う。

賊は上段から斬り込んできた。其角は転がりながら剣先を避け、すばやく立ち上がる。

「わしが阿国の家から出てくるのを巣鴨三十郎から聞いて待っていたな」

其角は身構えながら、

「そなた、御徒目付の藤原辰之助か」

「おのれ」

裂帛《れっぱく》の気合いで、賊が剣を振りおろした。其角はまた転がり込んで剣を避けた。

だが、相手の剣の動きのほうが早く、剣先が倒れ込んだ其角の肩に迫った。やられると思って目を閉じた。だが、衝撃は襲ってこなかった。

目を開けると、饅頭笠の侍が浪人と闘っていた。

南郷伴三郎だ。激しく鍔《つば》迫《ぜ》り合いをしていたが、南郷は相手を圧倒していた。

南郷は相手を寺の塀際に追い込んだ。

「笠をとってもらおう」

南郷が剣をつきつけた。

「とらぬなら」

南郷の剣が激しく舞った。

饅頭笠がふたつに裂け、目尻のつり上がった鋭い顔が現われた。

「顔をはっきり見たぜ、藤原辰之助」

「おのれ」

藤原は強引に斬りかかったが、南郷は難なく剣を弾いた。藤原は悔しそうに後退《あとずさ》った。

再び、塀際に追い込まれ、藤原は肩で息をしていた。

「なぜ、宗心を殺したのだ？」

其角は問い詰める。

「あの男を生かしていては城内の平穏が保てないのだ」

「城内の平穏？」

「日頃から、宗心は大名に茶を出しながら暗に付け届けを要求していた。付け届けのない大名の悪口を老中に告げるので、やむなく大名は宗心に付け届けをしていた」

「宗心なら、そうだろう。しかし、そんなことは前々からではないのか。なぜ、今回命までとったのだ？」

「松の廊下だ」

「松の廊下で、宗心は何かをしたのか」

「宗心は松の廊下の刃傷の場にいた。その場に通りがかった大名や高家衆は刃傷に驚き、ただ茫然と成り行きを見守っていたそうだ。梶川与惣兵衛が浅野様を取り押さえて刀を奪い取ったあと、大名たちはようやく駆け寄った。このことが将軍や老中に知られたら武士にあるまじき卑怯者と断罪されるかもしれない。それで大名たちは宗心に金を渡し、大名や高家衆はどなたも立派に立ち向かったという報告をさせたのだ」

「そのようなことを……」

其角は呆れた。

「で、誰が宗心殺しを企んだのだ？　おまえさんに宗心殺しを命じたのは誰だ？」

「……」

「大名か、それとも宗心の振る舞いに堪忍袋《かんにんぶくろ》の緒が切れた老中か。どうなんだ、言えないのか」

「誰でも同じことだ」

「宗心の亡骸を頂法寺に運ばせたのはどうしてだ？」

「……」

「頂法寺の住職は柳沢さまと繋がりがあるようだな？」

其角は口にし、

「もう一度きく。なぜ頂法寺だったのだ？」

「言うから刀を外せ」

藤原が言う。南郷は突き付けていた剣先を外した。其角は藤原の発言を待った。

「それは……」

藤原は口を開きかけた。が、油断を突いていきなり逃げた。

「待て」

南郷が追う。藤原は寺の山門に駆け込んだ。

「南郷さん。放っておけ」

其角は呼び止めた。

立ち止まって、南郷は刀を鞘に納めた。

「どうせ、捕まえても無駄だ。すべて仕組まれていたんだ」

「わかりました」

南郷は刀を鞘に納めた。

「おかげで助かった」

其角は改めて礼を言う。

「今の男が荒川を殺したのだ」

「南郷さん、どういうわけか話してもらえますね」

「ええ」

南郷は頷く。

石段を上がり、山門をくぐる。境内には誰もいない。

榧の樹のそばで向かい合った。

「南郷さんはどうして荒川に手を貸したんですかね」

「金です。十両もらえることになっていた」

「なぜ、金を？」

「……」

「まあいいでしょう。誰でもいろんな事情を抱えている」

「だが、もうひとつ理由があった。宗心の慢心ぶりだ」

南郷は言い切る。

「さっきの者が言っていたことですね。ある意味、城内の蛆《うじ》ムシを退治するという大義名分があった」

「そうです」

「それにしても、たかだか茶坊主ひとりを斬るのに、どうして南郷さんまで駆り出されたんですかね」

「宗心は武術に長《た》けていたそうです。それで、念のためにということで私を」

「なるほど。しかし、荒川は宗心だけでなく、駕籠かきまで斬った」

「私も驚きました。さらに其角先生まで」

「だが、南郷さんはわしを斬ろうとはしなかった」

「荒川の手前、先生を襲わないとならないので、あのような真似を。申し訳ありませんでした」

「いや。それより、南郷さんはさっきの藤原辰之助と会ったことは？」

「ありません。荒川があの男の指示を受けて、我らを動かしていたのです。でも、一度だけ、あの男の姿を見たことがあります。宗心の死体を頂法寺に運んだあとです。饅頭笠に裁っ着け袴の侍が本堂の陰に立っていたのです。荒川が会釈をしたのを見て、あの男が荒川を動かしているのだとわかりました」

「荒川はわしに顔を見られても堂々としていた。そのわけは奉行所に捕まることはないと信じていたからですね」

「そうです。宗心殺しは大義があるから奉行所は手が出せないと。そのとおり、同心の巣鴨は我らに何もしなかった……」

「わかりました。よく、話してくださいました」

其角は礼を言ったあとで、

「南郷さん、さっきの続きだが」

と、口にした。

「金のいる事情ですよ。ひょっとして、南郷さんはあの『鶴見屋』の桐里の……」

「……」

「そうなんですね」

「桐里は私の親代わりでもあった師の娘さんの子どもです。師にとっては孫に当たります。数年前、桐里の母親が病に倒れたために吉原に身売りを」

南郷はやりきれないように言う。

「そうか。それで身請けのための金を？」

「まったく足りません」

南郷は自嘲ぎみに笑い、

「つまらない話をしました。其角先生、私はこれで」

と、頭を下げて踵を返そうとした。

「南郷さん、おまえさんの師とはどなたかな。おまえさんほどのひとが心酔している師とはさぞかし名のあるお方ではないか」

「十六年前にお亡くなりになっております。私はまだ十四歳でした」

「そうか。師は何をなさっていたのか。剣術か、それとも学問」

「軍学です」

「軍学……」

「では、失礼します」

南郷は去って行った。

「まさか」

と、其角は呟いた。

南郷の師は軍学者であり儒学者である山鹿素行では……。其角は山鹿素行に違いないと勝手に決めつけていた。

数日後、其角は江戸座の自分の部屋で朝から酒を呑んでいた。

宗心殺しは荒川平八の仕業で、ふたりの間に金のことで揉め事があったと、奉行所は強引な解釈をした。駕籠かきふたりを殺したのも荒川で、大番屋から逃げた荒川は鉄砲洲稲荷の裏で自害したということになった。

七太郎からそういう話を聞いて、其角は呆れ返っていた。

そもそも、宗心殺しの理由がいま一つ腑に落ちないのだ。たかが茶坊主の宗心を殺すのになぜあんな手間隙《てまひま》をかけたのか。なぜ、失踪したことにする必要があったのか。

「先生」

二郎兵衛が声をかけて襖を開けた。

「お客人です。高槻心次郎さまだそうで」

「心次郎どのか。客間に」

「はい」

其角は湯呑みの酒を呑み干して立ち上がった。

客間に行くと、心次郎が畏まって待っていた。

「其角先生、この度はいろいろありがとうございました。おかげで兄を無事に葬ることができました」

心次郎は頭を下げた。

「奉行所の幕引きには腹が立つが、いかんともし難い」

其角は苦々しい思いで言う。

「でも、兄は荒川平八とのいざこざで殺されたということになり、兄が付け届けを要求していたことが表沙汰にならずにすみました」

「そういう考えもあるか」

「はい。兄は確かに、松の廊下に居合わせた大名や高家衆からお金をもらっていたのです。そのことは間違いありません」

「宗心どのは松の廊下での働きにより褒美を頂いたと、心次郎どのに話していたのだったな」

「はい。でも、それが皆嘘だということがよくわかりました。大名や高家衆からお金をもらっていたんですから」

「そうだな。極端なことを言えば、松の廊下にいた者は梶川与惣兵衛どのを除いてすべてお金に見えたのかもしれない」

其角は苦笑した。

「いえ、梶川与惣兵衛さまからも付け届けをもらっていたようです」

「ちょっと待て。梶川与惣兵衛どのからも付け届け？　それは宗心どのがそう言っていたのか」

「はい。梶川さまは松の廊下での功で加増されたが、俺はその梶川さまからも付け届けを頂いたと」

それはおかしいと、其角は思った。

宗心は刃傷のとき、何もしなかったものたちに不利なことを言わない見返りに金を受け取っていたのだ。だが、梶川与惣兵衛は違う。浅野内匠頭の刃傷を止めたのだ。梶川が宗心に気兼ねなどする必要はない。

なのに、なぜ梶川は宗心に金を払ったのか。

心次郎が引き上げ、自分の部屋に戻って酒を呑みはじめても、其角はそのことばかりを考えた。

梶川が宗心に金を払ったとしたら、理由は他の者と異なるはずだ。宗心は梶川の弱みを握ったのか。弱みとは何か。

二郎兵衛が新しい徳利を持ってきて、空になった徳利を下げたのにも気づかず、其角は考えに没頭した。

梶川から聞いた松の廊下での話を思いだす。

「浅野内匠頭さまの姿が見えたので、宗心に浅野さまを呼ぶように命じました。それで、浅野さまとお話をしたあと、白書院のほうから吉良さまがやってこられたので、すぐに宗心に吉良さまをお呼びするように命じました。宗心から聞き、吉良さまがこちらに向かってきたので、私も吉良さまに近付き、儀式の刻限が早まったのでしょうかとおききしたとき、『この間の遺恨、覚えたるか』と声がし、浅野さまが吉良さまに斬りかかったので……」

松の廊下において、宗心が梶川与惣兵衛に近づくのはこのときだけだ。そこで、梶川の弱みを見つけたのだとしたら……。

「この間の遺恨、覚えたるか」と叫び、浅野内匠頭が吉良上野介に斬りかかった。このとき、宗心も近くにいたのだ。つまり、宗心も「この間の遺恨、覚えたるか」という内匠頭の声を聞いていたはずだ。

あっと、其角は声を上げた。逆だ。宗心はその言葉を聞いていなかったのではないか。つまり、内匠頭は「この間の遺恨、覚えたるか」とは言っていなかった……。

しかし、梶川与惣兵衛は聞いたと言っている。内匠頭にもっとも近い位置にいた梶川と宗心の話が食い違った。

満足な取り調べも受けられぬまま、将軍綱吉の怒りから内匠頭は即日切腹、浅野家は断絶。しかし、もし乱心だったら……。

結果的に内匠頭は切腹、浅野家は断絶という同じ沙汰になるにしても、本来ならもっと慎重に取り調べを重ねるべきではなかったか。だが、当日は勅使が将軍に最後の挨拶をするというだけでなく、綱吉の生母桂昌院の従一位叙任の宣下がなされる大切な日だった。

だから、殿中を血で汚したことに綱吉公は我を忘れて、即日切腹を決めてしまった。

あとで、刃傷が内匠頭の病のせいだとなったら、綱吉公の決断に批判が生まれるかもしれない。

乱心であれば、内匠頭の切腹は免れられぬとも、浅野家の存続はなったかもしれない。

即日切腹のうえ浅野家は断絶。この沙汰に大義名分をもたらすためには内匠頭は乱心であってはならないのだ。

また、乱心であれば、吉良上野介は不運な被害者でしかない。上野介に何のお咎めもないのは当然だ。一方、浅野家家臣の敵は、吉良上野介ではなく綱吉公ということになる。

将軍綱吉を守らねばならない。側用人の柳沢保明は直ちに動いた。梶川与惣兵衛に「この間の遺恨、覚えたるか」という言葉を聞いたことにさせた。

内匠頭を取り押さえた功による五百石の加増には、内匠頭が口にしていない言葉を聞いたという証言をしたことも含まれているのではないか。

だが、宗心は知っていた。内匠頭はわけのわからないことを喚いていただけだということを。

宗心はそのことで梶川与惣兵衛をも脅した。

ここで宗心は危険人物になった。

宗心の排除を決めたのは将軍綱吉の側用人柳沢保明だ。

宗心が殺されたとなると、松の廊下の刃傷事件と結び付けて邪推するものが出てこないとも限らない。だから、宗心は失踪したことにしなければならなかった。そこで、考えついたのが頂法寺で他人の棺桶に紛れ込ませてしまうことだった。

柳沢が黒幕ということを考えれば、すべてが腑に落ちる。

柳沢は刃傷事件はあくまでも浅野と吉良の確執から起きたことにしようとした。そのために、吉良にお咎めなしの沙汰を下した手前、喧嘩両成敗という掟《おきて》を破ったことになるが、このことの理屈づけはどうにでもなる。

「先生、どうかしたのですか」

二郎兵衛の声ではっと我に返った。

「さっきから恐ろしい形相でときには唸ったりしていました」

二郎兵衛は其角の顔を覗き込んで言う。

「そうか」

其角は自分の顔を手のひらでなでた。

「先生、何かあったのですか」

「いや、なんでもない」

「でも」

「駕籠を呼んでくれ」

「駕籠ですか。どちらへ」

「柳橋の船宿だ。そこから猪牙に乗る」

「吉原ですか」

「久しぶりに滝川の顔を見てくる」

「じゃあ、今夜はお泊まりですか。明日は、お弟子さんが集まる日ですよ」

「朝には帰ってくる」

「ほんとうは業平に行ってもらいたいんですけど」

「二郎兵衛、あの女は違うんだ。わしは独り身だ」

「はいはい、そうですか。じゃあ、駕籠を呼んできます」

二郎兵衛は呆れ返りながら部屋を出て行った。

ひとりになると、さっきのことを思いだした。

浅野内匠頭は乱心だった……。しかし、今更このことを世間に公表しても意味がないと思った。いや、綱吉公に批判が向くようなことがあったら、それこそ政道に差し障りがあるだろう。

内匠頭は上野介にかねてより遺恨があったということにするしかない。其角はそう思い、宗心のことはもう忘れることにしようと心に決めた。そう考えたとたん、急に心が軽くなった。

「先生、駕籠が参りました」

二郎兵衛が呼びに来た。

其角は滝川太夫に会いに行くつもりで駕籠に乗ったが、音曲の師匠阿国の顔が突然脳裏を掠めた。とたんに阿国を口説いてみたくなった。

駕籠に揺られながら、滝川太夫のところか阿国か、其角は真剣に迷っていた。

光文社文庫

文庫書下ろし／長編時代小説

五《ご》戒《かい》の櫻《さくら》　其《き》角《かく》忠《ちゅう》臣《しん》蔵《ぐら》異《い》聞《ぶん》

著者　小《こ》杉《すぎ》健《けん》治《じ》

2022年11月20日　初版1刷発行

発行者　鈴木広和
印刷　萩原印刷
製本　ナショナル製本

発行所　株式会社 光文社
〒112-8011　東京都文京区音羽1-16-6
電話（03）5395-8149　編集部
8116　書籍販売部
8125　業務部

ISBN978-4-334-79351-7　Printed in Japan

組版　萩原印刷

光文社時代小説文庫　好評既刊

本所寿司人情　倉阪鬼一郎
江戸猫ばなし　光文社文庫編集部編
黄金観音　小杉健治
女衒の闇断ち　小杉健治
朋輩殺し　小杉健治
世継ぎの謀略　小杉健治
妖刀鬼斬り正宗　小杉健治
雷神の鉄槌　小杉健治
花魁心中　小杉健治
烈火の裁き　小杉健治
暗闇のふたり　小杉健治
同胞の契り　小杉健治
駆ける稲妻　小杉健治
般若同心と変化小僧　小杉健治
つむじ風　小杉健治
陰謀　小杉健治
千両箱　小杉健治

闇芝居　小杉健治
闇の茂平次　小杉健治
掟破り　小杉健治
敵討ち　小杉健治
侠気　小杉健治
武士の矜持　小杉健治
鎧櫃　小杉健治
紅蓮の焔　小杉健治
天保の亡霊　小杉健治
欺きの訴　小杉健治
翻りの訴　小杉健治
情義の訴　小杉健治
御館の幻影　近衛龍春
にわか大根　近藤史恵
ほおずき地獄　近藤史恵
寒椿ゆれる　近藤史恵
土蛍　近藤史恵